Florian Gengel

# Die Erweiterung der Volksrechte

SALZWASSER
VERLAG

**Florian Gengel**

# Die Erweiterung der Volksrechte

Unveränderter Nachdruck der Originalausgabe von 1868.

1. Auflage 2022  |  ISBN: 978-3-37506-074-9

Verlag: Salzwasser Verlag GmbH, Zeilweg 44, 60439 Frankfurt, Deutschland
Vertretungsberechtigt: E. Roepke, Zeilweg 44, 60439 Frankfurt, Deutschland
Druck: Books on Demand GmbH, In de Tarpen 42, 22848 Norderstedt, Deutschland

# Die

# Erweiterung der Volksrechte.

---

## Besprechung

im

## Verein der Liberalen Bern's.

---

Herausgegeben

von

F. Genael, Redaktor des „ Bund ".

Bern.

Druck von Jent & Reinert.

1868.

# Vorwort.

---

Vor fünf Jahren ungefähr begann in den schweizerischen Kantonen eine Verfassungsreformbewegung, welche
in mannigfachen, bald gelingenden, bald mißlingenden,
stets aber mit Beharrlichkeit erneuerten Anläufen nach
einer Verbesserung der politischen und gesellschaftlichen
Lage des Volkes rang. In Baselland und Aargau
erreichte sie trotz der ungünstigen Beurtheilung, welche
sie gerade in diesen Kantonen erfuhr, die einzigen blei-
benden Erfolge, in Baselland durch Einführung des
Referendums und der Kantonalbank, in Aargau durch
Einführung des Volksrechtes, die Abänderung der Gesetze zu verlangen. In Genf, Luzern, Glarus, Uri,
Schwyz, Zürich Bern, wurde die Reform theils ohne
Erfolg angeregt, oder versucht, theils mit nur sehr spar-
samen, offenbar nicht befriedigenden Ergebnissen durch-
geführt.

Diese Bewegung genoß wenig Beifall, selbst wenig
Aufmerksamkeit in der Eidgenossenschaft. Es waren
Wenige, man kann sagen bloß Einzelne, welche den

Charakter derselben erkannten und als ihren Ausgangs-
punkt den reindemokratischen Ausbau der schweizerischen
Verfassungen bezeichneten, welche prophezeiten, daß das
schweizerische Volk sich mündig fühle, sein Recht der
obersten, entscheidenden Gewalt im Staatsleben fortan
nicht mehr bloß als Phrase in den Verfassungen pran-
gen zu sehen, sondern sich in den wirklichen Besitz und
die Ausübung desselben zu setzen. Die Erweiterung der
Volksrechte durch Mitwirkung des Volkes an Gesetzgebung und Verwaltung vermittelst endgültig entscheidender Abstimmung war das Losungswort der Bewegung; es wurde nicht verstanden.

Trotz der unscheinbaren Anfänge wagte es die Bewegung doch, bei der Bundesrevision von 1866 schon
kühn mit der repräsentativen Verfassung an den Thoren
des Bundes zu ringen. Ihre Forderungen erklangen
vernehmlich im Ständeraths- und Nationalrathssaale.
Sie fanden keine Erhörung.

Nur das kleine Obwalden änderte seine Verfassung,
indem es, von den repräsentativen Anklängen seines
Grundgesetzes zu den unvermischten Landsgemeindefor-
men zurückkehrte und namentlich das Recht der Initiative, d. h. das Recht der Bürger, Anträge an die Landsgemeinde selbst zu stellen, wiederherstellte. Dieser Vorgang blieb aber fast unbemerkt.

Es schien, als sei die Bewegung erloschen. Allein
sie lebte kräftiger als je. Die Verfassungsrevision
von Zürich gab in mächtigem Aufschwung das Zeichen
zu ihrer Verbreitung in alle Theile der Eidgenossenschaft.
Erweiterung der Volksrechte und der persönlichen Frei-

heit, Erleichterung oder billigere Vertheilung der Volks-
lasten. Der gleiche Ruf erschallt hier wieder. Jetzt
aber ist die Bewegung anerkannt, jetzt erscheinen ihre
untrüglichen Zeichen schon ringsum auch in den größten,
bedeutendsten Kantonen; im Aargau, Thurgau, St. Gallen, Neuenburg, Genf, in Bern wird ihre Fahne erhoben. Jetzt hält man sie der Mühe werth, nicht mehr
mit Stillschweigen, sondern mit allen Waffen der konservativen Interessen bekämpft zu werden; jetzt ist sie
aber auch schon sicher, in regelmäßigem, unaufhaltsamem
Vormarsch, die Kantone und die Eidgenossenschaft in
demokratische Volksstaaten zu verwandeln.

Denn es ist das Volk selbst, welches sie trägt.

Bern, 10. März 1868.

Der Herausgeber.

# Die Debatte im Verein der Liberalen Bern's.

Dem liberalen Verein in Bern, welcher seit Jahres-
frist in der Bundesstadt besteht, und, zwar in beschränk-
term kantonalem Kreise, aber in ähnlichem Geiste, wie
einst die helvetische Gesellschaft, die Erörterung der vater-
ländischen und allgemeinen Tagesfragen an die Hand
genommen hat, konnte selbstverständlich die wichtigste
derselben, die Erweiterung der Volksrechte, noch weniger
entgehen, als die mannigfaltigen andern, welche er vor-
her mit Gründlichkeit behandelt. Längere Zeit schwebte
dieselbe bereits auf seinen Traktanden, als die Bewegung
in Zürich den Anstoß gab, ihre Besprechung nicht länger
hinauszuschieben.

Am 28. Januar eröffnete Prof. G. B o g t die Ver-
handlung mit einem klaren, fließenden Vortrage, dessen
Grundlage eine Uebersicht der in der Schweiz bestehenden Volksrechte und eine statistische Vergleichung des
Geltungsgebietes sowohl der repräsentativen Verfassung,
als der reinen Demokratie bildeten. Unter Hinzunahme
von Kantonen, wie Waadt, Bern, Zürich und der
Vetokantone, in welchen das repräsentative System theils
schon grundsätzlich und thatsächlich durchbrochen, theils,
der Umwandlung in reine Demokratie gewärtig ist, würde
die repräsentative Verfassung noch das numerische Ueber-
gewicht nach der Bevölkerungszahl für sich haben. Auch
moralisch widmete der Redner der Repräsentativverfas-
sung seine Sympathie, als er behauptete, von ihr sei

der Fortschritt ausgegangen, der Fortschrittsfähigkeit der
reinen Demokratie seien die Lehren der Geschichte entgegen. Dennoch anerkannte der Redner unumwunden,
daß man sich mit dem Gedanken der Erweiterung der
Volksrechte vertraut machen müsse, weil dieselbe im Zuge
der Zeit, im Willen des Volkes liege und daß man
denselben immerhin mit Vertrauen aufnehmen dürfe,
weil die Volksbildung im Kanton Bern doch hinreichend
vorgeschritten sei, um dem Volke ein Urtheil auch in
Gesetzgebungsfragen beizumessen. Hinsichtlich der Aus-
wahl des vorzuführenden Volksrechtes entschied sich der
Redner für das Veto und gegen das Referendum, weil
er in der Agitation des erstern ein politisches Weckungs-
mittel erblickte, vom ruhigen Gange des letztern dagegen
eine süße Gewohnheit des Annehmens und damit neue
politische Einschläferung besorgte; hinsichtlich der Form
des praktischen Vorgehens entschied er sich für eine Total-
revision der Verfassung, um die erweiterten Volksrechte
auf ganz neuer Basis aufbauen zu können.

Fürsprech Berger und Oberlehrer Minnig
erklärten sich gegen jede Art von erweiterten Volksrechten
für den Kanton Bern. Nirgends sei im Berner Volke
ein Verlangen nach denselben bemerkbar. Hr. Berger
erblickte in Referendum und Veto nur Werkzeuge der
konservativen Interessen und Hemmschuhe des Fortschrittes; durch die Volksabstimmungen würde das Ver-
antwortlichkeitsgefühl der repräsentativen Behörden ab-
geschwächt und die Gesetzgebungsarbeit an Werth und
Inhalt verlieren. Hr. Lehrer Minnig fürchtete, die
Besoldungserhöhungen der Volksschullehrer würden beim
Volke kein günstiges Ohr finden.

Hr. Stabsmajor Desgouttes beantragte Vertа-
gung der Hauptdebatte, zu welcher diejenige dieses ersten
Besprechungsabends nur das Vorgeplänkel bilde.

In Genehmigung dieses Antrages wurde die Debatte
abgebrochen.

\* \* \*

Am 10. Februar leitete Hr. F. G e n g e l, Redaktor des „Bund", die Diskussion mit einem längern Vortrage ein, welcher versuchte, die Grundlagen und den Charakter der Selbstregierung des Volkes nach allgemeinen Grundsätzen darzustellen und welcher die volle, unverkürzte Volkssouverainetät als das Prinzip der Republik erklärte.

Hr. NR. W e b e r sprach sich mit voller Entschiedenheit für die reine Demokratie und zwar für das Referendum und gegen das Veto aus, indem er die Grundlinien des Verfahrens zog, vermittelst dessen die praktische Einführung der Volksgesetzgebung im Kanton Bern bewerkstelligt werden könne. (Diese beiden Vorträge folgen auf den Wunsch bernischer Liberaler ausführlich im Anhange, weil sie, sich gegenseitig ergänzend, ein inhaltliches Bild der Frage geben, besonders die eindrucksvolle Erklärung Hrn. Weber's, des vorjährigen bernischen Regierungspräsidenten, des einsichtigen, energischen Förderers der Juragewässerkorrektion, schuf der Stimmung für die Erweiterung der Volksrechte festen Boden.)

Hr. Generalanwalt T e u s c h e r wies aus den Verhandlungen des Verfassungsrathes von 1846 nach, daß man schon damals auf dem Wege zur reinen Demokratie gestanden habe, daß die Verfassung von 1846 Bern als einen demokratischen Freistaat bezeichne und daß das in ihr vorgesehene fakultative Referendum und das Abberufungsrecht Volksrechte seien, von welchen aus die Erreichung der reinen Demokratie nur eines Schrittes bedürfe. Alle Umstände drängen unwiderstehlich dahin, daß dieser Schritt wirklich gethan werde und daß Etwas jedenfalls gehen müsse. In der Wahl des anzubahnenden Schrittes entschied sich der Redner ebenfalls für das Referendum.

\*  \*  \*

Am 13. Februar sprachen sich eine ganze Reihe von Rednern sämmtlich für die Erweiterung der Volksrechte aus.

Oberrichter Hobler bekannte, er sei früher ein Gegner der reinen Demokratie gewesen. Er habe sowohl die vorzüglichere Fähigkeit zum Fortschritt in der Repräsentativdemokratie, als die bessere Gesetzgebung in der durch bequeme Diskussion geläuterten Beschlußfassung des Großen Rathes erblickt. Seither habe er sich jedoch überzeugt, daß gewisse Kulturvorzüge der Repräsentativdemokratie gegenüber der noch bloß in ländlichen Kantonen bestehenden reinen Demokratie wohl größtentheils in äußern Verhältnissen der Größe, der bessern ökonomischen Lage, der centralisirtern Organisation liegen und daß die Volksdiskussion über zu erlassende Gesetze vielleicht nicht so gründlich, aber mannigfaltiger sei, als im Großen Rathe. Er wundere sich jetzt, daß man nicht schon früher die Volksabstimmung über die Gesetze eingeführt habe. Man habe bisher mehr geglaubt, in Ausdehnung der Centralisation den Fortschritt des politischen Lebens suchen zu müssen, allein diese fordere sofort wieder ein Gegengewicht heraus. Alles habe sich gefreut, daß durch die einheitliche Bundesverfassung auch das Instruktionswesen abgeschafft worden sei, aber man müsse bekennen, daß das politische Leben im Schweizer Volke und den Kantonen früher durch die Debatten in allen Großen Räthen und Volksabstimmungen reger gewesen sei, als seit der neuen Bundesverfassung. Für die praktische Gestaltung der Volksgesetzgebung verlangte der Redner Gewährenlassen, selbst Organisation der freien Vorbesprechung, der Diskussion in Versammlungen und Gemeinden, und gehörige Publikation der Gesetzesvorlagen; hinsichtlich des vorzuschlagenden Verfahrens im Kanton Bern schien er den Weg der gesetzgeberischen Entwicklung des fakultativen Referendums in der bernischen Verfassung vorzuziehen, ohne eine Verfassungsrevision ausschließen zu wollen. Bei Eintreten Letzterer glaubte er, werde sich u. A. die Frage einer Verminderung der Mitgliederzahl des Großen Rathes präsentiren, da bei regelmäßig eintretender Volksabstimmung ein Großer Rath von 235 Mitgliedern ziemlich überflüssig sei, ein solcher von bloß 120 Mitgliedern sowohl größere Gewähr der Arbeitskraft, als der Intelligenz darbieten würde.

Geometer S c h o r e r hielt dafür, mit der Erweiterung der Volksrechte müsse die Aufstellung eines Programm's der zu lösenden Staatsaufgaben verbunden werden.

Fürsprech Th. B e c k hob mit Nachdruck hervor, schon vom Parteistandpunkte dürfen sich die Liberalen nicht von den Konservativen überholen lassen, welche jetzt in Bern das Veto portiren. Es dürfe nicht dahin kommen, daß die Konservativen mit einigem Rechte sagen könnten: „Seht da die Liberalen, sie kochen Leim im liberalen Leist, sie machen nichts! Wir sind die rechten Volksfreunde! Wir führen das Referendum ein. Du, Berner Volk, bekommst diesen Edelstein in deiner Krone von uns!"

Wenn Bern den Schritt zur Erweiterung der Volksrechte macht, so ist sicher der Fortschritt durchgedrungen, und es liegt viel daran, daß dieser Fortschritt nicht gemacht wird, wie im Jahre 1841 in Luzern und wie er damals in Solothurn beabsichtigt war, d. h. von der reaktionären Partei zu Gunsten der Reaktion. Es wird viel davon abhängen, w e r bei uns das Referendum einführt, ob die freisinnige Partei zu Gunsten des Fortschritts, oder die Partei des Rückschritts, der Reaktionäre zu Gunsten der Reaktion.

In der Sache selbst votirte der Redner für das Referendum mit Initiative, weil gegenüber dem bloß negativen Veto die positive, vollständige Herstellung der Volkssouverainetät sei. Es entspreche dem an ganzes Handeln, nicht an Halbheiten gewöhnten Charakter des Berner Volkes, den Schritt von der repräsentativen zur reinen Demokratie ganz zu machen.

„Ich halte dafür, wenn wir der Bewegung, die in der Schweiz von der repräsentativen zur reinen Demokratie stattfindet, frisch den Ausschlag geben, den Schlußstein, den vollständigen Sieg erringen wollen, so muß es Bern sein, welches das Referendum und die Initiative einführt, und vollständig einführt, so daß Bern wieder für die Schweiz auf 20—30 Jahre oder länger hinaus die Fahne des Fortschritts festpflanzt und sagt: „„Hie Banner, hie Bern!""

Als einzuschlagendes Verfahren bezeichnete Hr. Beck die Einführung des Referendums mit Initiative durch Gesetz, weil dies alsbald geschehen könne und damit im wichtigsten Theil einer Verfassungsrevision vorgearbeitet sei. Dann aber sei zur Verfassungsrevision selbst mit ihren organischen und ökonomischen Fragen,: besonders der Gemeindefrage, zu schreiten. Zur Berathung der aus der Mitte des Volkes einzuleitenden Schritte wäre eine Volksversammlung zu berufen.

Bezirksprokurator Zür i cher wollte in der Erweiterung der Volksrechte nicht das goldene Zeitalter erblicken, im Gegentheil werde es manche Enttäuschung mit sich führen. Allein sie sei die Konsequenz des Prinzips der Demokratie, welches die schweizerische Verfassungsbewegung seit den 30er Jahren beherrsche und jetzt zum Abschluß kommen werde. Als Zweck der souverainen Volksrechte bezeichnete der Redner die Anbahnung einer allseitigen Kultur und Volksbildung, nicht aber die engherzige, mißtrauische Hemmung der Behörden, namentlich etwa durch eine gemeine Finanzknorzerei. Der wahren Bildung werde im Gegentheil die erweiterte Aufgabe zufallen, das Volk nicht nur über seine erwei-

terten Rechte, sondern auch über seine erweiterten Pflichten
aufzuklären und noch muthiger und energischer als bisher aller Volksschmeichelei entgegenzutreten. Die passendste Erzielung dieses Zweckes stellte sich der Redner
vor in der Kombination des Referendums für die wich-
tigern, in der Verfassung selbst zu bezeichnenden, des
Veto's für die übrigen Gesetze und der Initiative. Seit
der verunglückten Bundesrevision von 1866 sei es nun
allmälig doch klar geworden, daß die demokratische Bewegung nicht nur im Einzelnen, sondern im Volke liege.
Ein großer Fehler wäre es daher, wollte die radikale
Partei derselben widerstreben. Sie würde damit nicht
nur ihrer eigenen Bestimmung entgegentreten, die Trä-
gerin des Fortschrittes zu sein, sondern es würde auch
der konservativen Partei die Gelegenheit in die Hand
gegeben, den Strom in ein falsches Fahrwasser zu len-
ken, die ganze Bewegung in ihrem eigenen Interesse
auszubeuten und eine zweite Fünfzigerperiode herbeizu-
führen. Man müsse der Bewegung, die man einmal
als geschichtlich berechtigt anerkannt habe, vorangehen, sie
organisiren und in's rechte Fahrwasser leiten. Daß
dies nur durch eine Revision der gegenwärtigen Verfassung geschehen könne, liege auf der Hand. „Ich glaube,
auch aus einem andern Grunde sei die Revision absolut
nothwendig. Dieser liegt darin, daß das Berner Volk
das neue Institut, das vom Zürcher Volk als sein
Recht beansprucht wird, nicht als Vergünstigung, nicht
als Gnadengeschenk vom Großen Rathe annehmen wird."
 RR. Hartmann begrüßte freudig die eingetretene
allgemeine Uebereinstimmung zu Gunsten der Erweiterung der Volksrechte. Er habe dieselbe schon vor Jahren kommen sehen und sei stets für sie gewesen, obwohl
er dafür oft ausgelacht worden. Jetzt seien die Gegner
der Volksrechte alle verschwunden. Das Referendum sei
in der bernischen Verfassung schon vorgezeichnet durch
Art. 6, Ziffer 4, die Initiative durch ausgedehnte und
wirksame Gewährleistung des Petitionsrechtes. Beide

Institute vollständig durchzuführen, biete sich sowohl der
Weg der Gesetzgebung, als derjenige der Verfassungsrevision dar. Er würde den erstern vorziehen, weil die
Frage der Erweiterung der Volksrechte reif sei, nicht
aber, wenigstens nicht zweifellos, die Gemeindefrage,
welche durch Abschaffung der Burgerrechte und Herstellung eines reinen Staatsbürgerrechts gelöst werden müsse.
Halte man auch diese Frage für reif, dann könnte er
sich auch einer Verfassungsrevision anschließen, welche
aber alsdann noch eine ganze Reihe anderer Fragen
aufwerfen werde: Reform des Gerichtswesens, Volkswahl der Bezirksbeamten, der Regierung u. A. m. Eine
Unterscheidung der dem Volke vorzulegenden und nicht
vorzulegenden Gegenstände wollte der Redner nicht zu-
geben. Sei man einmal bei der reinen Demokratie angelangt, so habe man auch Vertrauen zum Volke und
lege ihm Alles vor.

Oberstl. Feiß. Einer der Haupteinwürfe gegen
die Erweiterung der Volksrechte und namentlich auch
gegen die Gesetzgebung durch das Volk ist der, das
Volk sei nicht reif genug, oder es sei es jetzt noch nicht,
könne es aber später einmal werden. Gleichzeitig aber
wird von den gleichen Herren zugegeben, daß grundsätzlich oder theoretisch genommen, die Abstimmung des
Volkes über seine Gesetze ganz richtig, im republikanischen Staate begründet, ein Ausfluß der Volkssouverainetät sei. Diese Gegner wollen also verschieben, bis
das Volk reif sei. Ich möchte mich entschieden dahin
aussprechen, daß das Volk auf der Kulturstufe, auf
welcher sich gegenwärtig die einzelnen Kantone befinden,
reif sei; ich glaube, es wäre zur Gesetzgebung befähigt,
auch wenn wir noch nicht auf dieser Kulturstufe ständen.
Wir haben dem Volke bereits die Abstimmung über die
Verfassung übertragen, also über die wichtigsten Rechte,
das Grundgesetz, auf dem alle andern Gesetze basiren.
Wenn man das Volk über dieses Grundgesetz abstimmen
lassen kann, so kann man dasselbe gewiß auch mit aller

Ruhe über die untergeordneten Gesetze abstimmen lassen,
die aus der Verfassung entspringen und darauf basiren.
Wir sehen ferner aus der Erfahrung, daß das Volk
reif ist; wir sehen, wie große Gedanken im Volke ent-
stehen, und eigentlich nur in großen Bewegungen und
durch das Volk zu Tage gefördert worden sind. Ich
erinnere an die großen Gedanken, welche die Revolution
in Frankreich gebracht hat, an die Bewegungen bei uns
in den Jahren 1830, 1846, 1848. Sind damals die
großen Gedanken etwa im Rathssaale gefunden und aus-
gearbeitet worden? Nein, im Volke sind.sie gefunden
worden, das Volk war von ihnen durchdrungen, es war
das Bewußtsein derselben in ihm vorhanden.

Nun handelt es sich bei der Abstimmung durch das
Volk jedenfalls nicht um diesen oder jenen Paragraphen,
oder um die Redaktion eines Rechtssatzes in dieser oder
jener Weise, nein, um den G r u n d g e d a n k e n, und
diesen wird das Volk bei den einzelnen Gesetzen schon
herausfinden; es wird nicht markten um Kleinigkeiten;
es wird mit Einem Streich den gordischen Knoten zer-
hauen und sagen, ob ein Gesetz zeitgemäß ist oder nicht,
ein Rückschritt oder ein Fortschritt. Wenn aber das
Volk auch nicht auf dieser Kulturstufe stände, so könnte
man ihm im freien Staate die Abstimmung über Gesetze
dennoch nicht verweigern. Ich behaupte nämlich, daß
das Gesetz Ausdruck der jeweiligen Kulturstufe des Volkes
sein soll, und daß es ein großer Fehler ist, wenn eine
Repräsentativbehörde dem Volke vorausgehen will. Wenn
man in Freiburg s. Z. weiter gegangen ist, so kann man
jetzt sehen, daß der Rückschritt wieder kommt. Es ist
nicht möglich, wenn eine noch so erleuchtete Repräsentation da ist, mit den Gesetzen weiter zu gehen, als dieselben im Volksbewußtsein begründet sind. Wenn daher
das Volk sich auch nicht auf der gegenwärtigen Kulturstufe befände, so müßte man ihm doch das Gesetzgebungs-
recht verleihen, man erhielte unter dieser Voraussetzung
vielleicht momentan wenige gute Gesetze, dafür aber die

Sicherheit, daß Gesetze geschaffen werden, welche den Fortschritt in einer Weise vermitteln, daß nicht wieder Rückfälle zu befürchten sind. Dann brauche ich nicht beizufügen, daß die Ausübung des Gesetzgebungsrechtes das allermächtigste Bildungsmittel für das Volk ist. Wenn man ihm dieses Bildungsmittel gibt, so wird es immer mehr befähigt, den richtigen Gebrauch von seinem Rechte zu machen. Die Gesetze werden bei ihrem Erlasse recht verbreitet; die Repräsentanten müssen dieselben mit dem Volke besprechen; sie wissen, daß sie das Volk hinter sich haben müssen, es handelt sich für sie darum, vor dem Volksurtheil zu bestehen.

Was die Schulbildung selbst anbetrifft, so ist behauptet worden, es gebe im Kanton Bern noch eine Anzahl Leute, welche die Zeitungen nicht lesen können. Es ist dies allerdings zu bedauern, allein man wird auch durch das freie Wort Mittheilungen machen können, wo es nicht anders möglich ist. Uebrigens ist gerade dieser Einwand ein Beweis, daß selbst das Repräsentativsystem die Fortschritte im Schulwesen nicht gemacht hat, die man hätte machen sollen. Ich will den Männern, die auf diesem Felde gearbeitet haben, keine Vorwürfe machen; ich weiß, daß sie das Möglichste leisten; aber im Allgemeinen, glaube ich, hätte der Staat mehr leisten können, und ich bin überzeugt, wenn die Erweiterung der Volksrechte kommt, so wird das Volk eine größere Bildung erlangen, und es wird im Bewußtsein des Volkes begründet werden, daß es dafür mehr thun muß. Es wird kommen und muß kommen, daß wir das Volk selber schalten und walten lassen.

Als Mittel zum Zwecke bezeichnete der Redner die Verfassungsrevision, da die gesetzliche Einführung des Referendums selbst für sich eine große Bewegung der Ideen hervorrufen werden. Die Gemeindereform, die direkte Wahl der Regierung, der Bezirksbeamten, die freie Kirche müsse kommen. Die Verfassungen werden damit einfacher werden, man brauche dem Volke nicht

mehr alle möglichen Rechte zu wahren; es übt sie selbst
aus. So werde nach und nach die Verfassung in den
Gesetzen liegen, die das Volk selbst herausgibt. Dann
werden auch keine Verfassungsabstimmungen mehr vorkommen, nicht diese ruckweisen Revisionen, sondern es
wird ein allmäliger, beständiger und dafür um so ge-
sunderer Fortschritt stattfinden.

\*  \*  \*

Da in den vorangegangenen Sitzungen die meisten
Redner sich für die Erweiterung der Volksrechte und
namentlich für das Referendum ausgesprochen, so war
auf 27. Februar eine vierte Besprechung angesetzt worden, um allfälligen Gegnern Gelegenheit zur Kundgebung
ihrer Ansichten zu bieten.

Als solcher trat Hr. Alt-Nationalrath Fürsprech
Niggeler auf, indem er erklärte, er könne, als keiner
Staatsbehörde mehr angehörig, unbefangen sprechen und
brauche um keiner Popularitätshascherei willen ein Blatt
vor den Mund zu nehmen, indem er sich gegen die
herrschende Mode erkläre. Die Beispiele für die reine
Demokratie aus dem Alterthum treffen nicht zu, denn
die antiken Freistaaten hätten Sklaven gehalten, die ihnen
Zeit zu politischen Geschäften schafften und wie sie zu
Grunde gegangen, wisse Jedermann. Auch die Beispiele
aus der Schweiz selbst treffen nicht zu. Das Referendum sei einerseits ein Institut von Graubünden und
Wallis und ein Produkt ebensowohl, wie eine Schatten-
seite dieser lose, fast zusammenhangslos gefügten Bun-
besstaaten gewesen. Alsdann sei es ein Institut der
alten Tagsatzung gewesen und als solches durch das
Unwesen des Vorinstruirens, Nachberichtens und Hin-
und Herschickens übel berüchtigt. Der Gesandte des
Hauptreferendumkantons Graubünden's habe sich selbst

zur Zeit des Sonderbundes über das Referendum hinweggesetzt und ohne Instruktion für Krieg gestimmt.

Nun sage man, das Volk müsse mehr Rechte haben. Er glaube, daß das Volk schon jetzt nicht ohne Rechte, nicht unterjocht sei und daß es so ganz gut fortgehen könne. Das Volk habe das Recht der Selbstkonstituirung, der Verfassungsrevision, der Wahlen, der Abberufung sogar, welche denn doch viel besser sei, als die Kammerauflösung, die als eine besondere Freiheit gepriesen worden sei.

Daß das Volk souverain sei, sei theoretisch richtig, mit allen Konsequenzen, aber in der Praxis mache es sich anders. Sonst müßten alle Bürger der Reihe nach Großrath, Regierungsrath, Regierungsstatthalter, Gerichtspräsident sein können, wenigstens einen Tag, das gehe nicht. Irgendwo müsse also das Uebertragen der souverainen Funktionen beginnen. Und wie das Volk nicht die Rechtsprechung besorgen könne, so könne es auch die Gesetzgebung nicht besorgen. Vor einer Landsgemeinde die Gesetze zu diskutiren ginge noch an. Aber die vielen Gemeinden zu belehren, sei praktisch unmöglich. Es hätte nicht Jeder Lust, einen dicken Band zu lesen, unter den Stimmberechtigten hätten die Arbeiter weder Vermögen, noch Zeit genug, ihre Beschäftigung liegen zu lassen und Gesetze zu studiren. Endlich verstehen lange nicht Alle genug, um sich über ein Fachgesetz eine Ansicht zu bilden. Durch die Abstimmungen werde das Volk nur ermüdet. Für das niedere Volksschulwesen wäre das Referendum geradezu ein Hemmschuh, besonders für die Verbesserung der Lehrerbesoldungen. Sei endlich das Referendum oder Veto im Kanton unzweckmäßig, so wäre es vollends unmöglich im noch komplizirtern Organismus des Bundesstaates. Der Zustand würde schlimmer als bei der alten Tagsatzung. Die Initiative, mittelst der jeder Bürger dem Volke ein Gesetz vorschlagen könnte, gäbe eine hübsche Gesetzgeberei, für die er sich bestens bedanken müßte.

Mit der direkten Wahl der Regierung habe man in den
Ver. Staaten, Frankreich, Genf, Baselland schlechte Er-
fahrungen gemacht. Er wolle sich dem Referendum oder
Veto nicht widersetzen, wenn die Mehrheit sie beschließe,
der man sich als Republikaner unterziehen müsse, halte
sie aber nicht für zweckmäßig.

Privatdocent G o b a t erklärte das Referendum für
ein schlechtes Institut, das allen Fortschritt hemme.
Die Referendumkantone seien ohne Handel, noch In-
dustrie. Dagegen empfahl er das Veto.

Oberrichter M o s e r bedauerte den Vortrag Herrn
Niggeler's, zunächst weil es vollständig verspätet und
vergeblich sei, noch gegen die Erweiterung der Volksrechte anzukämpfen, denn das Referendum sei eine a u s -
u n d  a b g e m a c h t e  S a c h e; alsdann weil dieser
Vortrag von Hrn. Niggeler, einem der ehrenwerthesten
und besten Patrioten, gehalten worden sei, denn die von
demselben angeführten Gegengründe seien ohne Werth,
es seien ganz dieselben doctrinären Gründe, welche gegen
die Abschaffung der Aristokratie' und der indirekten Wahlen vorgebracht worden seien, und es sei bedauerlich,
einen freisinnigen Radikalen sich selbst dergestalt aus
doctrinarisirenden Bedenken hinter die Ideen der Zeit
zurückversetzen zu sehen. Man sage, das Volk sei dumm,
egoistisch, allein es sei ein gewaltiger Unterschied zwischen den Einzelnen und dem Volk in seiner Gesammt-
heit. Der Einzelne könne der bornirteste Sackpatriot
sein, das Volk als Ganzes zeige sich in seinen Hand=
lungen und seinen Abstimmungen verständig, patriotisch.
Die Erweiterung der Volksrechte stecke nun einmal im
Volke und es handle sich nicht darum, zu berathen, wie
viel oder wie wenig man dem Volke geben wolle, denn
das Volk werde mit Recht Alles nehmen, was es ver-
lange. Am besten sei also, ihm auch gleich Alles zu
geben, nicht nur Referendum, sondern Referendum, Initiative, Abberufung, Veto u. s. w. Allerdings sei das

Referendum noch nicht das Paradies, der Motor, der im Hintergrunde schlummere, seien die socialen Fragen, diese werden dadurch an die Oberfläche kommen und ernstlich in Angriff genommen werden müssen. Warnen möchte er aber, nicht die Radikalen der frühern Periode um ihrer Bedenken willen zu mißachten; ihre Verdienste glänzen noch so hell, wie ehemals, auf ihren Schultern eben sei es möglich, nun weiter fortzubauen. Alt-Nat.-R. Dr. Schneider, der ehrwürdige radikale Veteran, sprach sich mit jugendlichem Feuer ebenfalls für die Erweiterung der Volksrechte aus. Schon im Verfassungsrath von 1846 sei vom Veto und Referendum die Rede gewesen. Gewiß sei die Volkssouverainetät eine Wahrheit und habe die Demokratie eine Zukunft. Die Monarchisten hätten den Demokraten Algernon Sidney geköpft, der England die Volkssouverainetät predigte, sie sei dafür in Nordamerika nur um so herrlicher aufgegangen. Bei uns handle es sich jetzt gar nicht darum, was man dem Volke gebe, sondern was das Volk gebe. Im Schluß seines Votums wünschte der Redner, daß auch die Frage der Vertretung der Minderheiten näher geprüft werde.

\* \* \*

Zum letzten Verhandlungstage am 5. März waren die Mitglieder des Großen Rathes eingeladen worden, von welchen sich eine Anzahl auch wirklich einfand. Vom Präsidenten, Hrn. RR. Joliffaint, zur Mittheilung ihrer Ansicht aufgefordert, ergriffen von ihnen das Wort die HH. Ducommun von Courtelary, Jost von Langnau, Von Känel von Aarberg, Brandt (Oberaargau). Aus den Aeußerungen dieser Volksvertreter ergab es sich, daß die Frage der Erweiterung der Volksrechte am wenigsten lebendig ist im Jura, daß sie im Emmenthal noch schlummert, daß sie dagegen schon regen Antheil findet im Oberaargau und im Seeland.

Uebereinstimmend war dagegen, Hrn. Ducommun aus=
genommen, der das Volk und die Umstände für die
Volksgesetzgebung noch nicht reif erachtete, die Ansicht,
daß die Erweiterung der Volksrechte eine Frage der un-
mittelbaren Gegenwart und daß es Zeit und Bedürfniß
sei, dieselbe durch Besprechung und Berathung im
Schooße des Volkes selbst zum vollen Verständniß und
zu praktischer Reife zu bringen.

Von den Mitgliedern des Vereins betheiligten sich
an der Debatte (welche leider der Beförderung des
Druckes wegen nur noch kurz resumirt werden kann) die
HH. Fürsprech Schaller, BR. Schenk, RR.
Weber, Alt-RR. Sahli für, die HH. Fürsprech
Niggeler, Privatdocent Gobat, Schumachermei-
ster Wälchli, Jacob und Photograph Bähler
gegen die Volksrechte oder wenigstens nur für das Veto.

Aus diesen ist hervorzuheben das nach Form und
Inhalt glänzende und politisch bedeutende Votum von
BR. Schenk. Er sei nicht in der Lage gewesen,
sprach der angesehene Staats- und Volksmann, durch
die letzten Vorgänge seine Ansichten und Ueberzeugungen
zu ändern. Denn schon weit früher habe er den Gedanken gehegt und ausgesprochen, daß man mit der repräsentativen Verfassung nicht am Ende der Verfas-
sungsentwicklung angelangt sei. Jetzt sei dies in Aller
Geist und Mund und er freue sich dieser frischen politischen Regung, welche die schlaff herabhängenden Segel
des politischen Lebens schwelle. Frage man doch nicht,
woher solche erfrischende Luftzüge kommen! sie seien gut,
woher sie kommen mögen. In den 30er Jahren sei
sogar vom Auslande ein solcher Luftzug gekommen, den
man in der Schweiz gut zu benutzen gewußt. Jetzt
komme er aus dem eigenen Lande und
Volke, mit ihm dürfen und sollen die
Freigesinnten fahren.

Man glaube nicht, daß die kleine Schweiz für nichts
da sei im europäischen Kulturleben! Aber eben nichts

werde ihren Bestand so sehr befestigen, in den Augen der
Völker als etwas Gutes und als Nothwendigkeit erscheinen lassen, als daß sie in den Ideen der Freiheit stets
voraus und eine Leuchte der Völker sei.

Man erschrecke doch auch nicht vor diesen neuen
Ideen! Wie, unser Volk soll nicht reif sein? Hätte
Zwingli so gesprochen, hätte er geglaubt, man dürfe
nicht reformiren, weil noch keine deutsche Bibel da sei
und die Leute sie ja nicht lesen könnten, so wären wir
noch alle dick katholisch. Allein mit der Reformation
kam die Bibelübersetzung und lernten die Leute die Bibel
lesen. Die Ver. Staaten haben sogar die Schwarzen
befreit und ihnen das Stimmrecht gegeben, die keine
Spur von Schulbildung besaßen. Die Folge davon ist
gerade, daß unzählige Schulen für die Neger eingerichtet
werden, und daß dieselben lesen und schreiben lernen.
Selbst der große absolute Czar habe die Leibeigenen
emanzipirt, ohne nach ihrer Schulbildung zu fragen.
Und wir sollten unser geschultes Volk nicht zur Selbstgesetzgebung emanzipiren dürfen? Die Abstimmungen
werden, besonders wenn man die Wähler nicht mehr in
die Kirchen einsperrt, sondern durch Wahlbureaux ihnen
die politische Pflichterfüllung erleichtert, die politische
Bildung und mit ihr die allgemeine Bildung adeln,
heben. Und das Volk wird fähig sein, bei jedem Gesetze
das Urtheil abzugeben, ob es seine Meinung, ob es sich
selbst in ihm erkenne. Er fürchte die neue Demokratie
nicht. Sie verhalte sich zur Repräsentativdemokratie
wie eine Anlage zu geringem festem Zins, bei der aber
das Kapital sicher sei, zu einer andern, die großen Zins
abwerfe, aber bei der das Kapital leicht verloren gehe.
Ein Beispiel zeige Zürich. Er ziehe die Erstere vor.

In der formellen Frage des Verfahrens zur Einführung der Volksrechte sprach sich Hr. Schenk und mit
ihm Hr. Sahli für Verfassungsrevision aus, wogegen
Hr. RR. Weber und mit ihm Hr. Fürsprech Schaller

die Ansicht vertraten, das Referendum sei auf dem Ge-
setzgebungswege einzuführen, die Verfassungsrevision für
die Lösung der Fragen der Gemeinde-, Gerichts-, Staats-
organisationsreform und die freie Kirche aufzusparen.

Damit wurde die Besprechung, nach dem Gebrauche
des liberalen Vereins ohne Abstimmung, geschlossen, um
später zur praktischen Lösung wieder aufgenommen zu
werden, nachdem die öffentliche Meinung feste Gestalt
angenommen haben wird. Zur Anbahnung dieses Zweckes,
zur Weckung und Aufklärung der öffentlichen Meinung,
ist sie ohne Zweifel als ein kräftiger Anstoß, als ein
geistiger Gewinn zu betrachten.

\* \* \*

**Anmerkung.** Im Kanton Bern hat die Frage
der Erweiterung der Volksrechte auch die öffentliche
Meinung auf dem Lande schon lebhaft ergriffen. Sie
wird in Gesellschaften und Versammlungen, so im
liberalen Vereine von Biel, in den Wochengesellschaften
von Burgdorf, Langenthal u. s. w. besprochen. In Biel
sprachen Nat.-R. Marti im Sinne einer Konzession an
die Zeitansicht, dagegen Dr. Bähler und Gaßmann, Redaktor des „Seel. Boten“, in Burgdorf Bezirksprokurator Haas entschieden für die Volksgesetzgebung, das
Referendum. Diesen Besprechungen ist gewiß der beste
Fortgang, die allgemeinste Ausdehnung zu wünschen, sie
werden die Frage zur Klarheit und zum Entschlusse
reifen.

# Die Selbstregierung des Volkes.

## Vortrag von F. Hengel,

### gehalten im Verein der Liberalen Bern's.

---

## 1) Selbstregierung die Verfassung aller freien Völker, die freien Völker die Hauptträger der Kultur.

Die lange Reihe von Völkern, welche theils die Weltbühne wieder verlassen, theils dieselbe noch inne haben, zeigt uns in mannigfaltigster Abstufung sowohl Staaten, in welchen das Volk als politisches Element nichts, als solche, in welchen es sozusagen Alles war. Wo Absolutismus, d. h. der ausschließliche Wille Einzelner, Weniger, Vieler, von Personen, Ständen oder Körperschaften herrscht, da gilt das Volk nichts, es ist die regierte, willenlose Masse, welche als Maschine nach dem Willen Anderer hin und her bewegt wird. Es ändert daran nichts, ob das Machtgebot rohe Willkür und Laune des Eigensinnes oder aufgeklärter Despotismus sei, welcher die Masse nach seiner Erkenntniß mit guter Absicht zum Besten zwingt. Das Volk bleibt auch hier ein vielleicht gut dressirter, aber immer ein dressirter Knecht, unfähig, sein Schicksal selbst zu bestimmen, nur fähig, dasselbe, ob es sich gleich bleibe oder ändere, leidend aus fremder Hand hinzunehmen.

Wo hingegen die Demokratie die natürliche, lebendige Verfassung des Gemeinwesens ist, wo ohne den Willen des Volkes weder Verfassung noch Gesetz geändert werden, noch etwas Wichtiges geschehen kann, wo von ihm die Anregung des öffentlichen Handelns ausgeht, da ist das Volk Herr und Meister seiner Schicksale, ob gut oder schlimm entspringen sie seinem

Denken und Handeln, das Volk ist ein selbstbe-
stimmendes Wesen, ein bewußter Geist,
es ist frei.

Beispiele der ersten Art sind die asiatischen Despotieen,
das römische Imperium und das Papstthum, die mo-
dernen Cäsarenstaaten; Beispiele der zweiten Art die
hellenischen Republiken, die altrömische Republik, die
Städterepubliken Italien's und Deutschland's im Mittel-
alter, die heutigen Republiken Amerika's und die
Schweiz.

Die Geschichte lehrt, zum Glück und Troste der
Freisinnigen, daß der Fortschritt der Menschheit, die
humane Kultur, nicht auf den absolut regierten Staaten
ruht, sondern auf den Freistaaten. Allerdings entbehren
auch die unfreien Staaten der Kultur, sogar einer in
ihrer Art großartigen Kultur nicht, denn selbst Zwang
und Bevormundung vermögen den schöpferischen Men-
schengeist nicht ganz zu ersticken, und wenigstens verstehen sie ihn zum gelehrigen, folgsamen Werkzeug zu
machen. Allein der Athemzug der Unfreiheit durchweht
erkältend all' ihr kleinstes und größtes Vollbringen. Die
Kolosse und Felsentempel der Inder und Aegypter sind
doch nur ungefüges Handwerk von Millionen Sklaven,
der chinesische Gewerbsfleiß das natürlichste Pendant der
Ameisenarbeit und selbst der Riesenbau des Papstthums
und des napoleonischen Cäsarenthums kann mit seiner
Großartigkeit die vollständige Vernichtung der inneren
Geistesfreiheit nimmer sühnen. Die Poesie der unfreien
Staaten wird immer Hofpoesie sein, ihre Geschichte
Memoiren- und Anekdotenkram. Mit der römischen
Republik verschwindet rasch Rom's ganze innere
Größe und sein lebensvoller, an politischen Ideen und
Reformen so thätiger und fruchtbarer Geist, und kaum
ist dieser dahin, liegen sogar ein Horaz, Virgil und
Ovid speichelleckend dem ersten Cäsar zu Füßen. Der
griechische Geist welkt mit Philipp und Alexander. In
Florenz, der Vaterstadt der Dante, Michel Angelo,

Leonardo Da Vinci, hält der erste fürstliche Medici kaum seinen Einzug und nach Benevenuto Cellini's Zeugniß ist alsbald das Handwerk und die plumpe Charlatanerie an die Stelle der florentinischen Grazie und Ideenfülle getreten. So zerstört der Zwang das fruchtbare Schaffen des Menschengeistes.

Selbst die konstitutionelle Monarchie ist nur eine gemilderte Form der willkürlichen Beherrschung des Volkes und selbst in ihr wird sich das größere oder geringere Maß der Freiheit nur nach dem größeren oder geringeren Selbsthandeln des Volkes bemessen. Das Volk hat in England dem König die Charte abgerungen, daher konnte es auch einen Shakespeare erzeugen. Die Encyklopädie Frankreich's war der Apostel der großen Volksthat der französischen Revolution. Hutten, Lessing, Schiller sind in Kampf und Ueberwinden die Zeugen, daß in Deutschland die Gedankenfreiheit nie zu fesseln war. Ein Göthe, Calderon, Racine dagegen sind die Zeugen, daß zwar auch die Monarchie den Aufflug des Genie's nicht zu hindern vermag, aber daß selbst solche Geister in der Luft der Throne Schaden nehmen.

Wie anders in den Freistaaten? Die ältesten Republikaner, die Hellenen, haben im ersten Aufschwung die geistige und materielle Kultur umfaßt, wie sie zum Theil noch nicht erreicht, zum Theil erst in unserem Jahrhundert überholt ist. Alle Künste, Geschichtschreibung, politisches Leben stehen mit einem Male in geistiger Mündigkeit, in voller Schöne und Gedankenvollendung da. Rom gestaltet mit ernster Tüchtigkeit das Staats- und Rechtsgebäude, ebenfalls den Ideen nach in unübertroffener Größe, die freie Reichsstadt Straßburg gebar die Druckerpresse, Pisa den Wechsel, Genua die Entdeckung Amerika's, die Union den Blitzableiter und die Dampfkraft, die Schweiz die Volksbildung und das Volkswehrwesen, Schöpfungen, welche die Erziehung der Menschheit bedeuten.

Ein überzeugender und glorreicher Beweis, daß die Freiheit, nicht der Zwang, die Mutter der Kultur ist; sehr natürlich, denn der schöpferische Geist kann kein gefesselter sein, er muß ein sich selbst bestimmender, ein freier Geist sein.

Wie die Geschichte lehrt, daß die humane Kultur vorzugsweise auf den Freistaaten beruht, so lehrt sie ferner, daß in den letzteren stets die entscheidende Bedeutung des Volkes als Souverain des Gemeinwesens die Norm der öffentlichen Verfassung gewesen ist. In Hellas ist nicht Sparta, der sozial-militärische Modellstaat des Lykurg mit Königen und Ephoren und mit seinem Rathe der Alten, die Quelle der Schönheit und des Geistes, dessen Schüler alle künftigen Jahrhunderte waren, sondern das demokratische Athen, in welchem die Volksversammlung, eine Landsgemeinde, gebot und ein öffentliches Leben von reichster freier Bewegung und Geistesfülle schuf. In Rom wählte das Volk alle seine Magistrate, genehmigte oder verwarf in Centuriat- oder Tributcomitien, d. h. in den Versammlungen des Volksheeres oder der Einwohner, alle Gesetze und Senatsvorschläge, übte in den Concionen (Meetings) die Initiative. Das Gleiche war der Fall bei dem dritten Weltkulturvolke, den Germanen. Alle germanischen Stämme wählten in Landsgemeinden ihre Vorsteher, beriethen und entschieden im gemeinsamen Volksding ihre öffentlichen Angelegenheiten und führten, wie auch die Griechen und Römer, als Bürger die Waffe. Durch das Emporkommen des Erbfürstenthums und des Adels, des Papstthums und der Geistlichkeit, durch Monarchie und bevorrechtete Stände, Feudal- und Priesterstaat wurde diese ursprüngliche Volksverfassung gebrochen und Europa in seinen Zuständen den asiatischen genähert.

Ganz in dieselben überzugehen, wurde Europa nicht von Monarchie und Papstthum, Adel und Klerus, Beamten, Soldaten und Mönchen verhindert, sondern allein von dem nie ganz zu zerstörenden Volksgeist einer zur Freiheit geborenen Race. Und dieser Volksgeist hat in einer Reihe von Volksaufständen, in den Bauern-kriegen, namentlich im deutschen, vielversprechende, aber mißglückte, in der Reformation, in der englischen, amerikanischen, französischen Revolution gelungene Be-freiungsthaten vollbracht. Noch alle Kriege der Franken, welche Europa eroberten, wie früher die germanischen Kriege zur Eroberung des römischen Reiches, waren aber vom versammelten Volke beschlossen worden, das Volksrecht der Alamannen, unserer Stammväter, die Kapitularien Karl's des Großen wurden noch vom Volke angenommen. Erst das Versinken des Volkes in Leibeigenschaft und die Lehre der Romanisten von der absoluten Gewalt des Kaisers verstieß das Volk als mitwirkendes Element aus dem Staate und drückte es zur Sklavenmasse herab.

Und nun unsere Schweiz. Die schweiz. Eidgenossen-schaft ist entstanden aus dem Bund der Waldstätte. Die Namen seiner Gründer, den ersten Verlauf seines Ur-sprungs bezeichnet nur die Sage, aber geschichtliche, urkund-liche Wahrheit ist es, daß der Grütlibund eine Volksthat zur Befreiung des Volkes von der Gefahr feudaler Unter-jochung unter erbliche Fürstengewalt gewesen ist. Der habsburgischen Fürstengewalt gegenüber ward die Selbst-angehörigkeit, die Selbstregierung des Volkes hergestellt. Und wie geschah dies, wie glaubten diese ältesten Be-gründer bewußter Volksfreiheit, diese Vorläufer der Revo-lutionen des 16. und 17. Jahrhunderts, ihre Freiheit am besten aufzubauen und zu schirmen? Nicht anders als dadurch, daß sie die altgermanische Volksverfassung auf der Grundlage der souverainen Volksgemeinde wieder aufrichteten, laut welcher die Volksgemeinde die Vorsteher wählte, Recht sprach, das Gesetz gab und die Waffe führte.

Die Eidgenossenschaft dehnte sich aus durch den Beitritt von Ländern und freien Reichsstädten. Die Länder, es waren dies Glarus, Appenzell, Hohenrhätien und Wallis, hatten die gleiche Verfassung wie die Waldstädte. Aber auch die Verfassung der Reichsstädte Bern, Zürich u. s. w. war in älterer Zeit mit den demokratischen Grundsätzen übereinstimmend, auch in ihnen ruhte die souveraine Gewalt in der Bürgergemeinde.

Im ältesten Bern wählte die Bürgergemeinde Schultheiß und Rath und alle Beamten, selbst die Schullehrer und Priester alljährlich auf Ostern. Kein Stand war ausgeschlossen, den Handwerkern, welche sich in Zürich und den übrigen Städten durch Revolutionen den Weg zur Wehrfähigkeit und in den Rath bahnten, war in Bern Waffe und Wahlrecht nie verschlossen. Wer sich in Bern mit Grundeigenthum für 10 Mark niederließ, war Bürger.

Lange Zeit, selbst als das Patriziat sich schon des Stadtregiments bemächtigt, war Bern gewohnt, seine Bürger und Bundesgenossen zum Rath in Landesangelegenheiten beizuziehen. Die Kriegszüge, der Burgunderkrieg, zuletzt noch der Savoyerfeldzug im Jahr 1590, wurden auf Anfrage der Stadt von den Landschaften durch freiwillige Zusage des Zuzugs beschlossen. Ueber die neue Lehre der Reformation wurde in den Landschaften abgestimmt. In den Landschaften des Oberlandes, in Hasli und Saanen bestand die Landsgemeinde. Auch in Genf gebot der Conseil général über die politischen Angelegenheiten und nach langer Verdrängung durch den Großen Rath wurde im 18. Jahrhundert um den Preis des Blutes eines Fatio und seiner Mitstreiter auf längere Zeit die demokratische Verfassung hergestellt, nach welcher der Conseil général alle Vorlagen des Großen Rathes, alle Gesetze und Steuern zu genehmigen oder zu verwerfen hatte. Aehnlich, doch beschränkter, waren die Rechte der Bürgergemeinden in den übrigen Städten.

Gewiß ist also, daß auch die erste freie Verfassung der Städte auf der natürlichen Organisation der Ge-

meinde ruhte, auf welcher die Länder ihre Staatsverfaſ-
ſungen aufgebaut, und welche beſteht: in der Verſamm-
lung der Bürger, in einer berathenden Behörde, dem
einfachen oder erweiterten Rath und einer leitenden Voll-
ziehungsbehörde, dem Schultheißen oder Bürgermeiſter.
Dieſe natürliche Verfaſſung der Gemeinde, der Wurzel
und des Vorbildes des Staates, lag ſogar den Städten
noch näher, als den Ländern.

Dennoch wurde ſie leider im Verlaufe der Zeit gerade von den Städten verlaſſen. Merkwürdiger Weiſe
ſogar durch Revolutionen des bürgerlichen Elementes,
der Bourgeoiſie, gegen den Adel wurde die Bürgergemeinde
aus der direkten Wahl der Behörden verdrängt und die
Macht des Staates den Räthen in die Hände geſpielt.
In Bern z. B. wählte nach der Reform von 1294 die
Gemeinde aus allen Vierteln nur 16 Männer, und
dieſe wählten dann mit dem Rathe zuſammen den Großen
Rath. Ein ähnliches Inſtitut der ſog. Kieſer beſtand in
Baſel, in Zürich wählte Brun mit 6 Räthen ſämmt-
liche Vertreter der Conſtafel, und nur darin blieb die
Verfaſſung Zürichs demokratiſcher, als diejenige von
Bern, daß die Zünfte die Zunftmeiſter ſelbſt wählten.
Dieſe Verfaſſungsreform hat bekanntlich den Adel nicht
für die Dauer aus der Politik verdrängt, ſondern nur
neben ihm die Bourgeoiſie zur Herrſchaft erhoben. Aus
ihr mußten nothwendig die Patriziate, die burgerlichen
Regierungen erwachſen.

In der That zeigt uns die Folge ſämmtliche Städte
unter der Herrſchaft der gnädigen und weiſen Herren,
ſpäter ſogar der wohlweiſen Rathsperrücken, der regimentsfähigen Familien, welche mit kleinlichſter Fürſorge
das Leben ihrer Heerde regelten und bewachten. Sie iſt
nicht zu verachten, die große Sorgfalt für alle Seiten
des ſtädtiſchen Lebens, die ſtrenge Ordnung, welche die
Stadtherren im Mauerringe haben wollten, vom Feuer-
eimer bis zum Kleide, das man tragen durfte. Allein
auch die ganze Vielgeſchäftigkeit der Bevormundung, des

Polizeiftaates ist in ihnen enthalten und leider hat gerade sie die unsinnige Reaktion, die Kerker, Marterkam-
mern und Justizmorde, die unfägliche Volksbedrückung
herbeigeführt, welche das 17. und 18. Jahrhundert
brandmarken, und die Herrschaft des Zwanges mit ihrer
Geisteseinöde begründet, welche wie ein Todesschleier das
Leben dieser Zeit bedeckt.

Die Haupturfache dieser traurigen Verkehrung war
die aristokratische Sucht der Städte, d. h. der Räthe
nnd Obern, Unterthanen zu haben und zu beherrschen,
statt an der Spitze freier Bürger zu stehen. Jede Stadt
hatte ein Weichbild, dessen Bewohner sie als hörige
Knechte beherrschte, wie nur irgend ein Fürst, und die
Regierungsmaxime des Despotismus, welche daraus ent-
sprang, dehnte sie auch auf jedes eroberte Land, nach
und nach auf die Bundesgenossen; ja zuletzt auf die eigenen Bürger aus. Letzteres unterscheidet die Städte von
den Ländern. Auch diese begingen das Unrecht, Unterthanen zu halten, auch sie sahen die Reaktion und aristokratische Gewohnheiten bei sich einziehen, allein ihr
eigenes Volk ließen sie frei.

Den Abschluß dieser bedauerlichen Umwälzung bil-
dete der schweizerische Bauernkrieg.

Dem schweizerischen war der deutsche Bauernkrieg
vorangegangen. Erwärmt an dem befreienden Geiste der
Reformation, hatte die deutsche Bauernschaft die Ideen
des Volksrechts aufgestellt, welche erst in den englischen,
amerikanischen und französischen Revolutionen wiederge-
kehrt sind.

Sie wollten gleiches Recht, gleiche Münze, Maß
und Gewicht für Alle, Aufhebung der geistlichen Güter
und der Feudallasten, sie wollten, daß der Kaiser kein
Haupt der Fürsten, sondern des Volkes sei. Und merk-
würdig ist es, wie sie, als wäre die Erinnerung der
alten Volksverfassung in nichts unterbrochen, die alten
Malstätten aufsuchten und hier ihre Volksdinge hielten.
Sie wurden durch den beschränkt obrigkeitlichen Prote-

ſtantiśmuś Luther's und die Gewalt der in ihren abſo-
luten Intereſſen verletzten Fürſten niedergeſchlagen.

Wer ſollte es glauben? Ganz ebenſo ging es in
unſerer Schweiz.

Als die ſchweizeriſchen Bauern aufſtanden, ver-
langten ſie nichts als ihr göttliches und menſchliches Recht,
Verminderung des Druckes der ungerechten Abgaben,
der Feudallaſten, Behandlung als freie Bürger. Sie
wurden von den Patriziaten mit Soldatenmacht zu
Boden getreten.

Und iſt es nicht bemerkenswerth, daß mit dieſem
Aufſtande ſich eine ſehr deutliche politiſche Idee und zwar
der Kampf der Demokratie mit der Ariſtokratie verband?

In keinem der demokratiſchen Länder vernimmt
man etwas von Bauernempörung, wohl aber in den
ariſtokratiſchen Ständen. Und was war die Grund-
urſache des Bauernkrieges? Theuerung, Sinken der
Güterpreiſe, Druck der Feudallaſten waren die Ver-
anlaſſung, aber die politiſche Klage war, daß die Regierungen herrſchten, ohne die Landſchaften irgend mehr
um ihre Meinung anzufragen, und die politiſche Idee
war, daß die Bauern der ariſtokratiſchen Stände, wie ſie es
ausdrücklich in ihren Reden und Schriften betonten, es
haben wollten, wie die freien Landleute der demokratiſchen Länder.

Die Leuenberger, Schybi, ſie waren die Vorläufer
der ſchweizeriſchen Radikalen und Demokraten des 19.
Jahrhunderts, die Vorläufer der Schnell, Neuhaus,
Stämpfli, R. Steiger und ihrer Parteien. Sie unter-
lagen, ſie bluteten als Rebellen und Verbrecher und
mit ihnen die demokratiſche Idee. Die Folge war die
unbeſchränkte Herrſchaft der Ariſtokratie, der Herrſchaft
der ſog. Beſten, das patriarchaliſche Regiment über das
unmündige Volk, und die Folge davon die zwei trüb-
ſeligſten, dunkelſten, geiſtesärmſten Jahrhunderte der
Schweizergeſchichte, welche den Alp der patriziſchen Für-

nehmheit und Wohlweisheit über die ganze Eidgenossenschaft ausbreiteten, die eidgenössische Politik um Geld und Titel dem Auslande dienstbar machten und im Innern trägen Stillstand und Unterdrückung aller aufstrebenden Geister pflanzten. Dem gewaltigen Impulse der französischen Revolution war es erst vorbehalten, in diese träge und dumpfe Verknöcherung Bresche zu schießen. Und wie der Nerv dieser Revolution Volksfreiheit war, so gieng auch zuerst durch sie, nach der Restauration durch das selbstbewußte Handeln der Schweiz selbst, auch in unserem Lande wieder die Saat der Volksfreiheit auf, in raschem Fortschritt stets weiter und tiefer greifend bis auf unsere Tage.

Hier zeigt abermals die Gegenüberstellung der demokratischen und aristokratischen Stände das Schauspiel eines merkwürdigen Unterschiedes. Die demokratischen Stände änderten ihre Verfassungen mehrmals wie die aristokratischen und die neuen aus Landvogteien gebildeten. Allein nie fanden sie sich veranlaßt, bis auf den heutigen Tag nicht, die demokratische Volksverfassung selbst gegen eine andere zu vertauschen.

Ganz die umgekehrte Erscheinung bieten die aristokratischen Stände und die neuen Kantone dar. Von den regimentsfähigen Familien schreiten sie zu den indirekten Wahlen, von den indirekten Wahlen zu den direkten, von diesen zur Abberufung, von ihr zum Veto und eben jetzt klopft in Zürich mit kräftigen Schlägen das Referendum an die Thore.

Die Geschichte der Eidgenossenschaft selbst ist das klare Zeugniß, daß die Demokratie in unserer Republik die wahrhaft freiheitliche Idee und zugleich, freuen wir uns dessen, die stärkere ist.

In den Annalen der Geschichte steht es also geschrieben, daß der Fortschritt auf der Freiheit beruht und daß Freiheit und Fortschritt vom Volke ausgehen; die Saaten gehen auf, wo das Volk lebendig und thätig ist, der Acker verdirbt und Unkraut schießt empor, wo es gefesselt wird. Dem ganzen Geistesleben der Nationen merken Sie dies an. Kunst, Wissenschaft, Gewerbe und Landbau, Schönheitssinn und Erfindungsgeist treiben die reichsten und kräftigsten Blüthen, wo das Volk sich selbst regiert. Und wie die Menschen und Völker auf dem Boden politischer Freiheit ihre Aufgaben im besten und höchsten Sinne erfüllen, so ist auch die politische Freiheit regelmäßig das Streben und Ziel jeder energischen Volksregung gewesen. Gleichheit Aller, Selbstwahl der Behörden, Selbstvertheidigung des Vaterlandes, Selbstkonstituirung und Selbstgesetzgebung war die Schöpfung der alten Eidgenossen, Glaubensfreiheit das Ziel der Reformation, Glaubensfreiheit und Republik dasjenige der englischen, amerikanischen, französischen Revolution, allgemeine Wehrpflicht die Folge der deutschen Befreiungskriege, allgemeines Stimmrecht diejenige der Bewegungen unseres Jahrhunderts in Frankreich, England, Deutschland, Selbstgesetzgebung das Ziel der schweizerischen Reformbewegung. Monarchen, Adel und Priester haben das Volk der Selbstgesetzgebung beraubt und was sie schufen, das war Vorrecht und Unrecht, Bevormundung und Unwissenheit, Herrschaft und Verarmung. Wäre den Völkern das Recht geblieben, sich Verfassung und Gesetz selbst zu geben, glauben Sie wohl, die Völker hätten sich Raub und Plünderung, Feudalität und Leibeigenschaft zum Gesetze gemacht? Nimmermehr, jede That der mündig werdenden Völker ist vielmehr eine That der Befreiung zugleich von Herrschaft und Barbarei, ein Schritt zur Bändigung der Gewalt und des Unrechts, zur Sicherung der Arbeit und des Friedens.

## 2) Die souverainen Volksrechte.

Den europäischen Völkern außer der Schweiz wäre nicht nur in Erinnerung zu bringen, daß die Souverainetät des Volkes die Quelle des humanen Fortschrittes ist, sondern mit noch höherer Rothwendigkeit wäre den schwerhörigen Ohren des Unterthanenverstandes begreiflich zu machen, daß sie ein Recht des Volkes ist. Für uns Schweizer ist dies überflüssig. Ein Schweizer hat die Botschaft der Volkssouverainetät den Völkern verkündigt, der sie auf heimischem Boden gefunden, J. J. Rousseau, und Alles, was die Völker seither an Freiheit errungen, steht nicht zum kleinsten Theil auf ihm. Bei uns ist die Souverainetät des Volkes zu Hause, sie ist unser erstrittenes und ererbtes Eigenthum, unser praktisches nationales Recht. Sie ist der oberste Satz, das A und O aller unserer Verfassungen.

Wie verhält sie sich nun in unserem eigenen politischen Leben?

Das Recht der Souverainetät des Volkes ist in allen 25 kantonalen Verfassungen und in der Bundesverfassung statuirt, das Volk als oberster Herr des Staates anerkannt. In der Ausübung der Souverainetät besteht aber ein Unterschied zwischen den Demokratieen und den Repräsentativverfassungen. In den erfteren ist das Volk im vollen Besitze der Selbstregierung, indem ihm sowohl die Wahl seiner Behörden und die Sanktion der Verfassung zusteht, als auch Gesetz und Verwaltung seiner obersten Genehmigung und Entscheidung unterliegen. In den letzteren ist die Souverainetät beschränkt auf die Genehmigung der Verfassung und das Wahlrecht, Gesetz und Staatsverwaltung sind den Regierungen und den Großen Räthen zur Selbstentscheidung delegirt. Der Streit, ob die Souverainetät ganz dem Volke, oder in Gesetzgebung und Verwaltung den repräsentativen Behörden gehöre, ist es, welcher gegenwärtig die Schweiz bewegt.

Souverainetät (Obrigkeit) ist der Inbegriff des obersten und letzten Entscheidungsrechtes in allen Staatsangelegenheiten. Diesen Inhalt hat sie in allen Verfassungsformen der verschiedensten Art. Nur in der konstitutionellen Monarchie ist die Souverainetät des Königs beschränkt durch das Recht des Volkes, Abgeordnete zu wählen; in der republikanischen Repräsentantivverfassung ist das souveraine Volk beschränkt, indem es bloß seine Vertretung zu wählen hat. Die konstitutionelle Monarchie und die Repräsentativdemokratie sind gleichartige und vielfach verwandte Verfassungsarten. In beiden übt das Volk sein politisches Recht nur durch das Wahlrecht aus. Die Repräsentativdemokratie hat vor einer wirklichen konstitutionellen Monarchie mit parlamentarischer Regierung wenig voraus. Seine Abgeordneten wählen kann ein Italiener, Engländer eben so gut wie ein Zürcher, Berner, Tessiner.

Nach den Grundsätzen des Repräsentativsystems wird nun die Beschränkung der Souverainetät des Volkes gerade hauptsächlich mit dem Wahlrecht des Volkes begründet. Das Volk, sagt man, wählt ja seine Vertreter und regiert durch sie den Staat, es kann sie wiederwählen oder nicht wiederwählen und ist dadurch souverain.

Allein diese Ausübung der Souverainetät durch das Wahlrecht ist eine im höchsten Grade lückenhafte.

Vor allen Dingen ist der souveraine Akt des Wahlrechtes in unseren schweizerischen Verfassungen an einen bestimmten, bloß periodisch wiederkehrenden Zeitpunkt gebunden. Dadurch entsteht der große Uebelstand, daß der Wahlakt und die Absicht des Volkes, eine wirkliche souveraine Willenskundgebung von sich zu geben, nicht zusammentreffen, sich gegenseitig verfehlen können.

Ein Großer Rath macht z. B. bald nach der Wahl einen Fehler, der das Volk in die Stimmung versetzt, es möchte ihn nicht gewählt haben, es möchte ihn

deöavouiren, seinen Schritt ungeschehen machen. Wie
verhält es sich da? Es kann rein nichts thun, es
muß warten, bis die Wahlperiode vorbei ist,
wenn es nicht Revolution machen will. Es kann freilich
petitioniren, bitten, aber es kann den Schritt des
Großen Rathes, wenn dieser nicht selbst will oder noch
kann, nicht rückgängig machen. Kommt das Ende der
Wahlperiode, dann ist mindestens der Fehler mit allen
Folgen gemacht und in Kraft erwachsen; oder was noch
schlimmer, das Volk ist durch 2—3jährige gezwungene
Unthätigkeit passiv geworden, es hat sich in das Un-
vermeidliche ergeben. Umgekehrt wird regelrecht bei Be-
ginn der neuen Amtsperiode gewählt, es ist politische
Stille, selbst Trägheit im Volke, das politische Leben
durch nichts bewegt. Dann wird mit voller Gleich-
gültigkeit gewählt, ja es ist dem Volke beinahe ein
saures Muß, daß es die langweilige Arbeit des Wählens
verrichten soll. Selbst die konstitutionelle Monarchie
besitzt in der souverainen Ausübung des Wahlrechtes
größere Freiheit durch die Einrichtung der Kammerauflösung, denn diese tritt gerade in Momenten ein,
wo das Volk ein Interesse hat, durch die Wahl ein
Recht mit Bewußtsein und mit wirklicher Zweckverfolgung
und mit dem Nachdruck zu üben, den ein bewußter
Wille verleiht. Das Ergebniß der Wahl ist eine be-
wußte Willenskundgebung des Volkes.

Die Beschränkung der Volkssouverainetät auf das
Wahlrecht ist nicht nur eine Beschränkung der Souverainetät, sondern sie ist in Wahrheit eine Beschränkung
des Wahlrechtes selbst. Die rein förmliche Wahloperation, welche lediglich in der Stimmabgabe besteht und
damit ihren Abschluß gefunden hat, ist im Grunde eine
der langweiligsten öffentlichen Arbeiten, welche fast eben
so viel dazu beitragen kann, das Volk zu erschöpfen
und ihm die politische Thätigkeit zu verleiden, als sie
es zeitweilig in höchste und übermäßige Reizbarkeit versetzt. Ein noch weit größerer Fehler der rein förmlichen

Wahloperation ist aber der, daß sie dem Wahlrecht den positiven Inhalt entzieht, indem sie den Wähler nach geschehener Wahl ohne jeden Einfluß auf den Gewählten, ja ohne Kenntniß von dessen Thätigkeit nach einmal vollbrachtem Souverainetätsakt in den Winterschlaf der Insekten zurücksinken läßt. Was vernimmt, was weiß der Wähler von der Thätigkeit des Gewählten? Im Großen Rathe ist er nicht gegenwärtig, die stenographischen Berichte, welche nach Wochen erscheinen, wo sie anders bestehen, liest er nicht, denn sie haben kein Interesse mehr und die ungenügenden oder parteiischen Berichte der Tagesblätter geben ihm kein Bild der Verhandlungen. Wie soll aber der Wähler wissen, wen er wählen, ob er den Gewählten wieder wählen soll, wenn er dessen Pflichtführung nur unvollkommen oder durch gefälschte Anschauung oder gar nicht kennt? Und wenn er sie theilweise oder selbst genügend kennen lernen könnte, welches Mittel steht ihm zu, den Gewählten zu interpelliren, sich von ihm belehren zu lassen oder umgekehrt ihn zu belehren, ihn zu kontroliren? Keine.

Dadurch wird dem Wahlrecht nicht bloß sein Inhalt entzogen, sondern die Wahloperation selbst wird sogar zu einem von keinem vollen Bewußtsein getragenen Akt erniedrigt, in welchem der Zufall sein Spiel treibt. Der Bürger hat kein eigenes, durchgebildetes, ruhiges, bewußtes Urtheil, daher wird er ein Spielball der Parteien, der Agitatoren, die ihre eigenen Zwecke verfolgen und deren Losungsworten er halb unwissend folgt; dadurch, weil ihm das feste, selbstbewußte Urtheil fehlt, kann er die Beute mächtiger Einflüsse und selbst der Bestechung werden. Das Wahlrecht selbst wird dadurch gefälscht. Statt ein wahres demokratisches Recht eines selbstbewußten Volkes zu besitzen, hat der Bürger in der That eigentlich nur an der Stelle der Aristokratie des Blutes das Recht erhalten, nach zufälligem Urtheil und unbewußtem Zutrauen, nach dem Spiel der ihn bestimmenden Einflüsse des Reichthums, der lokalen oder per-

fönlichen Interessen seine Aristokraten selbst zu wählen
und diese dann ihrer eigenen Machtvollkommenheit auf
eigene Verantwortung zu überlassen.

Ein Recht, welches ein souveraines Recht des Volkes
sein soll, wird durch die Beschränkung der Volkssouverainetät selbst ganz oder halb zur Täuschung. Das
Mittel, es in seiner Reinheit herzustellen, ist einzig zugleich die Herstellung der wirklichen Volkssouverainetät
in seinem Inhalt und seiner Handhabung, indem die
Wähler vor und nach der Wahl in Wechselwirkung mit
den Gewählten gesetzt werden. Das Volk muß die Gewählten vor der Wahl und nach der Wahl über ihre
politischen Ansichten und Stimmgebungen befragen, dieselben billigen und mißbilligen und es muß, wenn die
Gewählten sein Vertrauen ganz verlieren, dieselben ent-
fernen können. Dies ist der Grund des Plateform-
systemes und des Abberufungsrechtes.

Grundsätzlicher und entscheidender, als selbst durch
das Wahlrecht, ist die Volkssouverainetät vermittelst
der Sanktion der Verfassung durch das Volk hergestellt.
Während die Verfassungen selbst in der konstitutionellen
Monarchie Akte sind, welche freiwillig oder gezwungen
rein dem Willen des Herrschers entspringen und gerade
damit dessen Souverainetät bezeugen, ist die Verfassungsgenehmigung durch das Volk ein wirklicher Souverainetätsakt des Volkes, durch welchen dasselbe nicht nur in der
eigentlichen Demokratie, sondern auch in der Repräsentativdemokratie als Souverain wirklich anerkannt ist.
Sie ist in der Repräsentativdemokratie die erste wirklich
demokratische Staatshandlung, welche durch das Zu-
sammenwirken von Behörden und Volk, durch den
Rathschluß der Behörde und die Entscheidung des Volkes,
ein gemeinsames Erzeugniß aller Elemente des Staates,
nicht eine aristokratische That einseitig und ausschließend
berechtigter Theile desselben ist. Das Volk ist hier nicht
mehr der bloße dunkle Begriff der regierten, willens-
unfähigen Masse, es ist als wirkender, selbstbewußter

rechtlicher Wille, und zwar als oberfter, als Souverain in's Staatsleben eingeführt. Dadurch sind auch die Repräsentativdemokratieen wirkliche Demokratieen.

Allein wie beim Wahlrecht ist die Volkssouverainetät auch hinsichtlich des materiellen Volksentscheides in der Repräsentativdemokratie dadurch beschränkt, daß das Volk nur über die Verfassung, nicht aber über die Gesetze abstimmen kann. Und daraus ergibt sich die nämliche Folge, wie beim Wahlrecht, nämlich die, daß durch die Beschränkung der vollen Volkssouverainetät auch die begrenzte wieder beschränkt und gefälscht wird. Indem nämlich zwar das Volk über die Verfassung entscheidet, die Behörden aber die Gesetzgebung und Verwaltung ihrerseits souverain verwalten, entsteht eine doppelte Souverainetät, eine des Volkes und eine der Behörden. Indem diese Souverainetäten unabhängig neben einander bestehen, behält das Volk zwar das Recht, die Verfassung zu bestimmen, aber nicht dasjenige, sie zu wahren; die Behörden sind frei, die Verfassung zu brechen. Beispiele des Widerspruches zwischen dem konstituirenden und dem regierenden Willen sind nicht etwa nur in den Monarchieen zu suchen, wo z. B. ein Kaiser als Richtschnur seiner Politik den Frieden angibt und dann immerfort Krieg führt, wo ein König der Volksvertretung das Budgetrecht zugesteht und dann ohne Budget regiert. Sie finden sich auch in der republikanischen Repräsentativdemokratie. Denn es können in der Verfassung allgemein die Freiheiten ausgesprochen, die schönsten Versprechungen gemacht, in der Gesetzgebung und Verwaltung aber wieder eingeschränkt oder sogar ganz zur Täuschung gemacht werden. Es kann überhaupt anders regiert werden, als die Verfassung will. Ein bestrittenes Beispiel hievon war die Genehmigung des französischen Handelsvertrages durch die Bundesversammlung unter Bedingungen, welche die Bundesverfassung und die garantirten Kantonsverfassungen abänderten. Während im

Innern zweifellos jede Verfassungsänderung dem Volke vorgelegt werden muß, glaubte die Bundesversammlung im Wege des Abschlusses eines Staatsvertrages mit dem Auslande die Verfassungen ohne Anfrage an das Volk ändern zu können. Ein unbestreitbares Beispiel ist das von der Bundesversammlung neulichst beschlossene Gesetz über Revisionsbegehren. Während die Bundesverfassung für das Begehren der Bundesrevision bloß 50,000 berechtigte Stimmen vorschreibt, verlangt dieses Gesetz 50,000 amtlich verifizirte Unterschriften, eine Schreiberei, welche auf nichts Anderes hinausläuft, als auf eine absichtliche Erschwerung des verfassungsmäßigen Volksrechtes, die Bundesrevision zu verlangen. In der Züricher Verfassung ist die Preßfreiheit garantirt, vom Gesetzgeber wurde sie vermittelst des „Maulchrattengesetzes" eingeschränkt, geknebelt, ebenso ist die Gewerbefreiheit garantirt, dennoch wurden die Arbeitercoalitionen verboten. Glaubensfreiheit ist garantirt, dennoch kann man nicht heirathen ohne Abendmahlsscheine, ohne geistliche Einmischung von allen Seiten, in Luzern werden Zwangstaufen vorgenommen, in Uri wird ein Schweizerbürger wegen einer Broschüre geprügelt und von Ehr und Wehr gesetzt. Man garantirt die persönliche Freiheit und als Gesetz gelten Carolina, die Körperstrafe an Leib und Leben, die Verdachtsurtheile, der geheime Prozeß sogar. Bern hat in der Verfassung die Vorschrift, daß der Große Rath durch Gesetz die Abstimmungen der politischen Versammlungen über öffentliche Angelegenheiten ordnen solle, nie hat der Große Rath diese Verfassungsbestimmung ausgeführt. Trotz der Gewerbefreiheit des Bundes und der Kantone sind wir umgeben vom Zunftzwang der gelehrten Berufsarten, von Konzessionen, Patenten, Monopolen. In Bern muß die Regierung entscheiden, ob in einer Küchliwirthschaft ein Teller Suppe genossen werden darf, der Hausirhandel ist verboten oder gehemmt, im Feuerversicherungswesen sogar herrschen Monopole; will man versichern, so muß

man es beim Staat oder bei der Mobiliarversicherungs-
gesellschaft thun oder man muß es bleiben lassen. Diese
Beispiele könnten nach Belieben vermehrt werden.

Es ist sogar ganz erklärlich, daß Verfassung und
Gesetzgebung ohne organischen Zusammenhang verschiedene
Wege zu gehen versucht sind. Die Verfassung spricht
die Freiheiten in allgemeinen Grundsätzen aus, der
Gesetzgeber regelt das praktische Leben. Ist er sich selbst
überlassen, so wird er stets geneigt sein, in dieser be-
sonderen detaillirten Thätigkeit sich ganz von seinen Ansichten, seinen Zweckmäßigkeitsgründen leiten zu lassen.
Aber ebenso gewiß ist es, daß das Gesetz gerade dasjenige ist, was die Einzelnen, das Volk, unmittelbar
praktisch ergreift; was nicht nur, wie die Verfassung,
etwas allgemein hinstellt, sondern dem Einzelnen die
Wirkungen der Staatsordnung direkt fühlbar macht.
Abschaffung der indirekten und Einführung der direkten
Steuern kann z. B. ein Verfassungssatz sein, aber erst
durch das Steuergesetz erfährt der Bürger, was er bezahlen muß, ob er zu viel oder zu wenig bezahlt.

Es ist also klar, daß Verfassung und Gesetz zusammengehören, so gut wie Ursache und Wirkung, und
daß das Gesetz nur der Ausfluß der Verfassung ist,
welcher dieselbe erst wirksam macht. Ebenso klar ist
aber, daß wenn diese beiden von verschiedenen Souverai-
nitäten ausgehen, eine Trennung entsteht, welche in ihre
Harmonie und Zweckbestimmung Verwirrung bringt.

Daraus ergibt sich von selbst der Schluß, daß zur
Lösung des Widerspruchs Verfassung und Gesetz Ausfluß des gleichen Willens sein müssen. Das Volk,
welches die Verfassung bestimmt, ist auch der einzige
wahre Richter über deren Auslegung durch den Gesetzgeber; es allein ist berechtigt und befähigt, zu beurtheilen und zu entscheiden, o b d i e G e s e t z e d e r V e r -
f a s s u n g e n t s p r e c h e n. Dadurch wird die Harmonie zwischen Verfassung und Gesetz hergestellt, dadurch erst wird die Verfassung zur nicht zu umgehenden

Vorschrift der Gesetze, dadurch erst erhält das Volk die Bürgschaft, daß es die selbstgegebene Verfassung auch im selbstgegebenen Gesetz genieße.

Es folgen daraus die wichtigsten Volksrechte: Rechenschaftsbericht der Behörden zu Handen des Volkes und Volksabstimmung über Gesetze, Staatsverträge, größere Staatsausgaben (Referendum); das Recht des Volkes, Abänderung der Gesetze wie der Verfassung zu verlangen (Gesetzesrevision); selbst Gesetze vorzuschlagen (Initiative); Einspruch gegen beliebige Handlungen der Behörden zu erheben (Veto).

Diese Rechte lassen sich zusammenfassen in der Bezeichnung:

## Volksabschied,

welches Institut alsdann die Pflicht der Behörden zur Berichterstattung, das Vorschlagsrecht, Einspruchsrecht und Abstimmungsrecht des Volkes in sich schlösse.

---

### 3) Die Einwürfe gegen die Zweckmäßigkeit der Selbstregierung des Volkes.

Ueber das Recht des Volkes, seine Souverainetät auch in der Gesetzgebung und Verwaltung, so wie gegen die Amtsführung seiner Behörden auszuüben, ist nach der logischen Konsequenz der demokratischen Verfassung kein Zweifel. Dieses Recht ist in der That auch bloß von den absolutistischen, auf Herrschaft gegründeten Verfassungen der Monarchie und Aristokratie, nicht aber von der Repräsentativdemokratie in Zweifel gezogen worden. Die Gründe, aus welchen diese Letztere die Nothwendigkeit einer Beschränkung der Volkssouverainetät auf das Wahlrecht und die Verfassungsgenehmigung herleitet, beruhen auf der Zweckmäßigkeit, auf der Frage, ob es gut sei, dem Volke die volle praktische Souverainetät anzuvertrauen.

### a. Hat das Volk Zeit zur Selbstregierung?

Ein erster, mit Regelmäßigkeit wiederkehrender Einwurf gegen die praktische Volkssouverainetät ist die Behauptung, das Volk habe keine Zeit und Lust zur Ausübung der Souverainetätsrechte, weil es genug damit zu thun habe, sein Brod zu verdienen und seinen Geschäften obzuliegen. Dieser Grund wird mit einem Selbstgefühl der spießbürgerlichen Moral vorgetragen, welches seinen Urhebern gänzlich verdeckt, daß in ihm die direkte Anleitung des Volkes zur Unfreiheit und daß in der Entwöhnung des Volkes von politischem Denken und Handeln ein wahrer Verrath an der Demokratie selbst liegt. Der Spruch panem et circenses hat die römische Republik zu Grunde gerichtet, aber auch das „Brod" allein, selbst wenn das Volk es nicht geschenkt erhält, sondern im Schweiße des Angesichts erwirbt, kann einem freien Staate seine Gesundheit nicht bewahren. Denn der Mensch, noch weniger der freie Mann, lebt nicht vom Brod allein.

Schon die rein äußerliche Berechnung des Zeitverlustes durch politische Souverainetätsakte stellt die wahrhaft lächerliche Ungereimtheit dieser Einwendung in's hellste Licht. Ein schweizerischer Kanton habe alljährlich über kantonalen und eidgenössischen Volksabschied abzustimmen, so gehen damit zwei halbe Tage „verloren"; lade man noch eine alljährliche Großrathswahl und Gemeindeversammlung dazu, so wächst die Bürde auf vier halbe Tage an, mit einer alljährlichen Abberufung und Verfassungsrevision steigt die Rechnung auf sechs halbe Tage; man addire eine alljährliche Nationalrathswahl und Bundesrevisionsabstimmung, so erhält man acht halbe Tage; nehme man die Summe doppelt, so würde das Volk 16 halbe oder 8 Tage in 52 Wochen seinen politischen Geschäften widmen. Da aber weder die Wahlen, noch die Abberufungen und Revisionen alle Jahre stattfinden, so schmilzt der Zeitaufwand auf jährlich drei bis vier halbe Tage zusammen.

Ein wahrer Cynismus ist es zu behaupten, daß das Volk eine solche Spanne Zeit nicht seinen öffentlichen Angelegenheiten widmen könne. Alle freien Völker, die Griechen und Römer ließen sich die Zeit nicht reuen, wöchentlich auf dem Forum oder der Agorà zu erscheinen, und die alten Alamannen hielten alle 14 Tage beim wechselnden Mond Gericht und Volksgemeinde. Wie, und wir die freien Schweizer, wir sollten zu wenig Zeit für unser Gemeinwesen haben, um drei bis vier halbe Tage des Jahres, in sonntäglicher Ruhezeit, dem Landeswohl zu widmen? Wir sollten dies nicht können, während unsere eigenen Demokratieen uns den handgreiflichen Beweis vor Augen stellen, daß man es kann? Hole man sie her die verlorenen Stunden, die wir im Wirthshause sitzen, verspielen, spazieren gehen, die Zeit, die uns für die Komödie nicht reut, summire man sie und stelle sie den Lobrednern des politischen Müßigganges vor Augen. Ob sie sich nicht schämen, daß sie dem Volke predigten, es habe nicht Zeit, einen so verschwindenden, winzigen Theil davon seiner öffentlichen Wohlfahrt zu weihen!

Es ist eine Lehre zum Verderben des Volkes, seiner Freiheit und Wohlfahrt, die Lehre der Cäsaren, der Pfaffen und Junker, welche es gern haben, daß das Volk jeden öffentlichen Gedanken verschmause, vertanze und veramüsire, damit sie desto besser Zeit erhalten, ihm die Ruthe zu binden, an der sie sich um so lustiger machen. Nichts Geringeres soll das Volk versäumen und vernachläßigen, als sein gemeines Wohl, die Frage, ob es Krieg oder Frieden habe, ob es frei arbeite oder seine Herren bereichere, ob mit seinem Geld und Blut den Launen seiner Regenten gefröhnt oder sein eigenes Wohl gefördert, ob ihm billiges und schnelles Recht gehalten oder der Mund vom Richter versiegelt und der Rücken von der Polizei zerbläut, ob sein Ver-

ſtand gebildet oder verdummt, mit einem Wort, ob in
ſeinem Intereſſe oder in demjenigen ſeiner Regenten
regiert werde.

Freilich verſprechen die Prediger des politiſchen
Müßigganges, materiell ſei immer für das Volk ge-
ſorgt, materiell möge es auch ſelbſt mit voller Freiheit
für ſich ſorgen, wenn es nur um die Politik ſich nicht
kümmere. Allein dieſe Rede iſt Trug, denn wo das
Volk ſeine politiſchen Intereſſen einem Vormund über-
gibt, da wird es ſeine Sorgloſigkeit gerade mit ſeinen
materiellen Intereſſen, mit ſeinem Schweiß und Blut
bezahlen. Denn dieſer Vormund wird nie ohne das
Blut oder wenigſtens ohne das Geld des Volkes herr-
ſchen. Blicken Sie um ſich, weßhalb iſt Europa mit
Schulden belaſtet, woraus werden die Steuern zu ihrer
Verzinſung bezahlt, warum liegen Handel und Arbeit
darnieder, weßhalb bezahlen wir theures Brod, warum
grinst Noth, Krankheit, Hungersnoth und Elend uns
von allen Seiten entgegen? Weil die Völker Europa's
keine Zeit haben, ſich mit ihren öffentlichen Angelegenheiten abzugeben. Wahrlich, viel richtiger wäre es zu
ſagen, ein Volk, das keine Zeit hat für ſeine Politik,
hat auch keine Zeit frei zu ſein.

b. Iſt das Volk ein Hemmſchuh des Fortſchrittes?

Eine ernſtlichere und gewichtigere Einwendung iſt der
Zweifel, ob die praktiſche Volksſouveränetät, namentlich
die Volksgeſetzgebung, nicht ein Hemmſchuh des Fortſchrittes, ein Hinderniß der Kultur ſei.

Dieſe Frage iſt eigentlich die entſcheidende, denn
wenn ſie bejaht werden müßte, würde kein freiſinniger
Geiſt für die Souveränetät des Volkes irgend welche
Sympathie empfinden. Sie bemißt ſich grundſätzlich nach
dem Streite zwiſchen dem Syſtem der Bevormundung,
welches die vergehende Epoche des aufgeklärten Despotismus und des Polizeiſtaates beherrſchte und ſeine
Schatten noch in unſere Zeit herüberwirft, und demje-

nigen der Selbstthätigkeit des Individuums und der
Selbstregierung des Volkes, deſſen Geiſt unſere gegen=
wärtige Zeit unaufhaltſam erobert.

Die Bevormundung oder der aufgeklärte
Despotismus geht von der Anſchauung aus, daß das
Volk an ſich zu beſchränkt und zu träge, zu geizig und
auf ſeinen Geldſack erpicht, zu ſehr am Alten hangend
und alſo konſervativ ſei, um ſelbſt eines Gedankens oder
gar eines Schrittes zum Beſſeren fähig zu ſein. Zu
allem müſſe es durch die aufgeklärten Geiſter, welche
ſeine Regierung bilden, angetrieben oder vielmehr ge=
zwungen werden. Daher dürfe es natürlich über nichts
um ſeine Meinung gefragt, ihm kein Recht der Selbſt=
entſcheidung überlaſſen werden, weil es ſich ſtets gegen
den Fortſchritt entſcheiden würde, ſondern es müſſe ohne,
ja im Nothfall gegen ſein Wiſſen und Willen, mittelſt
Geſetz, durch Zwang, mit Gewalt von Oben herab zum
Beſſeren befehligt werden. Daher ſieht die Bevormun=
dung den Bürger und das Volk von Anfang bis an's
Ende als ein unmündiges Kind an, das nie ſelbſt gehen
lernt, ſondern auf Schritt und Tritt geleitet werden muß.
Sie empfängt den Säugling mit einer Zwangstaufe,
um ihn wo möglich vor den verfrühten Folgen der Erb=
ſünde zu ſchützen; ſie zieht das Kind mit den Ohr=
feigen des väterlichen Zornes zum klotzigen Burſchen
auf; alsdann ſchreibt ſie ihm vor, welchen Beruf, mit
oder gegen Neigung, er zu lernen, wie und nicht anders
er ihn zu betreiben, wie er zu heirathen oder nicht zu
heirathen, wie er zu reiſen oder nicht zu reiſen, krank
oder geſund zu ſein, zu eſſen und zu trinken, was er
zu glauben und nicht zu glauben, wie er zu leben und
nicht zu leben und wie er ſich endlich nach den Regeln
der Kunſt für Gott, König und Vaterland todtſchlagen
zu laſſen habe. Vorbehalten bleibt, was ihm noch nach
ſeinem Tode etwa geſchehen könnte, namentlich aber, wie
es ihm jenſeits im Fegfeuer, Hölle und Himmel noch
zu ergehen habe.

Alleroberfte Feftfetzung endlich ift die Strafe, mit
welcher der Ungehorfame zu quälen fei, wenn er allen
diefen Vorfchriften der Weisheit nicht auf den Punkt
nachkomme.

Das Syftem der freien Selbftthätigkeit
geht von dem genau entgegengefetzten Gedanken aus,
daß die Menfchen zur Freiheit geboren feien. Die Bevormundung habe fich nicht bewährt, und in dem weni-
gen Guten, was fie geleiftet, überlebt; befchränkt, wie
fie das Volk vorausfetze, mache fie daffelbe nur noch be-
fchränkter, erziehe fich in ihm höchftens eine Maffe künft-
lich dreffirter Mafchinen, aber zugleich auch eine Laft
fich felbft zu helfen unfähiger, Brod und Lebensziel vom
Staate verlangender großer Kinder; fie habe auf die
Dauer nirgends haltbare Zuftände gefchaffen, fondern
größtentheils unbefriedigende, unfreie, hülflofe, unnatür-
liche Verhältniffe, welche in einem fort wieder zu Um-
fturz und ziellofen, blinden Revolutionen oder zu öder
Grabesruhe führen. Deßhalb ruft fie als Mittel zur
Heilung die Freiheit zu Hülfe und behauptet, daß die
Freiheit die Mutter fei, die obzwar mit Schmerzen und
Wehen die Kultur gebäre und freie Menfchen fäuge und
groß ziehe, daß fie der rauhe aber fruchtbare Acker fei,
auf dem, obzwar erft wenn er gepflügt und befäet, die
Frucht der allgemeinen Wohlfahrt erwachfe. Aus diefem
Grund lehrt fie auch, daß Kinder, die man nie gehen
läßt, auch nie gehen lernen, und daß dagegen Kinder,
die man auf ihre eigenen Beine ftellt, zwar ftolpern,
aber dafür bald auf eigenen Füßen ftehen und gehen.
Darum verlangt fie, daß der Menfch frei fei von Ge-
burt bis zu Ende, daß er als ein denkendes Wefen auf-
wachfe, und daß man ihn daher denken und glauben
laffe nach feiner Natur, daß er frei feinen Beruf wählen und fein Brod erwerben, frei feinen Hausftand und
feinen Wirkungskreis begründen, frei leben und fterben
könne, daß nicht die Verordnung und die Herrfchaft, fon-

dern das selbstgewählte Gesetz, und nicht die Strafe, sondern
Bildung und Selbsterkenntniß seine Lebensführer seien.

Ob das System der Bevormundung, ob dasjenige
der Selbstregierung Ideal oder Wirklichkeit sei, das entscheidet sich einzig und allein nach der Natur, nach den
Eigenschaften des Volkes selbst.

Nach der Anschauung der Repräsentativdemokratie
zerfällt das Volk in zwei Theile, die Gebildeten, welche
das Regieren und Gesetzgeben verstehen, und die Volksmasse, welche nichts davon versteht. Die Demokratie
kennt diesen Unterschied nicht, in ihr sind Bildung
und Volksmasse. Eins.

Das Volk als Masse ist allerdings ein vielköpfiges
Wesen, welches an sich aus ebenso vielen zersplitterten
Theilen besteht, als es, rein physisch gedacht, kein eigent-
liches Ganzes ausmacht. Es hat als bloße Masse keinen
Mund, es kann also als solche keine Gedanken aussprechen. Allein schon als Masse hat es drei charakteri-
stische Eigenschaften, welche es sofort zum bewußten Wesen erheben.

Vor allen Dingen ist es der eigentliche Körper, der
Rumpf des Staates, an welchem dessen Gedeihen oder
Nichtgedeihen, Gesundheit oder Krankheit, Leben oder
Tod sich vollzieht. Als solches ist es für's Erste passiv
und hülflos, aber umgekehrt hat und empfindet es zu
allernächst und auf's Deutlichste das Bedürfniß der
Gesundheit, des Lebens, des Rechts, des Wohlergehens.
Denn nicht an den Regenten, die sich den Wirkungen
der öffentlichen Uebelstände zum großen Theil oder ganz
entziehen, oder die menigstens selbst für die schlechteste
Regierung und bei den bittersten Volksleiden durch die
Herrschaft entschädigt sind, sondern am Volke vollzieht
sich am unmittelbarsten das Gesetz und die Ausübung
der Staatsmacht, die Wirkung der öffentlichen Verhält-
nisse. Das Volk ist es, welches leidet, wenn schlecht
regiert wird, es erfährt Recht oder Unrecht, je nach dem
Gesetze und der Rechtsprechung, es liefert das Blut,

wenn Krieg ausbricht, es bezahlt das Geld für die Aus-
gaben des Staates, es erträgt die Noth der Theurung,
es schmachtet in Unwissenheit, wenn die Bildung fehlt,
es erleidet Zwang, Druck und Grausamkeit, wenn
Tyrannei das Gemeinwesen beherrscht. Und gerade weil
es dies Alles empfindet, leidet, so hat es auch das klare,
entschiedene Bedürfniß, daß gute Gesetze und Gerechtigkeit
herrschen, daß die Verwaltung zweckmäßig und haus-
hälterisch sei, daß sein Verstand gebildet werde, daß
Friede bleibe oder nur gerechter Krieg geführt werde, daß
Geist und Körper frei seien.

Wie das Volk das Bedürfniß des Rechts und Wohlergehens am nächsten und dringendsten empfindet, so ist
es zwar als Masse nicht im Stande, demselben abzu-
helfen, aber mit Nothwendigkeit begrüßt es sympathisch
und entgegenkommend die Ideen, welche dem Bedürfniß
Befriedigung verschaffen. Die Geschichte zeigt und sogar ein Bluntschli anerkennt, daß das Volk selbst un-
mittelbarer und in höherm Grade als die Gebildeten den
großen Ideen zugänglich sei. Alle Revolutionen zur Befreiung und Verbesserung des Menschenlooses, die politischen wie die religiösen, sind unter Beistand des Volkes
vollführt worden.

Mit Recht wird in der ganzen gebildeten Welt die
öffentliche Meinung als die sechste Großmacht bezeichnet,
mit noch besserem Recht als der gesunde öffentliche Verstand erklärt, der endlich die Richtschnur jeder Regierung werden, in allen öffentlichen Fragen den Ausschlag
geben sollte. Was ist aber die öffentliche Meinung?
Ist sie etwa die Ansicht der Regierungen, einer Kammer,
oder gar eines Salon's, einer Clique, eines Clubs?
Nein, die Stimme des gesammten Volkes ist allein die
wirkliche öffentliche Meinung.

So wenig als der Einzelne, ist das Volk unirrbar.
Manchmal hat es mit größtem Rechte seinen Regenten
Widerstand geleistet oder sie vorwärts getrieben, manch-
mal aber hat es sich auch geirrt und selbst mit bornirter

Zähigkeit am Joche der Verdummung und des Druckes festgehalten. Allein auf die Dauer wird es sich der Wahrheit, wenn sie von der wahren Einsicht gelehrt wird, nie verschließen, und die Geschichte aller Völker beweist, daß, wenn die Führer des Volkes den Fortschritt wirklich wollen und wo die Beschränktheit und Hartnäckigkeit des Volkes sich nicht bloß als das Werk oder gar das Wiederbild seiner Führer, einer Priester- oder Junker-, oder sonst irgend einer Kaste herausstellt, das Volk belehrbar ist.

Diese drei Beweggründe, die Empfindung des Bedürfnisses, die Erkenntniß der heilenden Idee, die Belehrbarkeit über den richtigen Weg, sind genau der Maßstab einer Volksabstimmung über ein Gesetz. Man sagt, das Volk sei nicht im Stande, ein paragraphenreiches Gesetz, z. B. ein Civilrecht, artikelweise zu kritifiren. Das ist auch nicht einmal von Nöthen, denn wenn das Volk dies könnte, so brauchte es gar keine Gesetzgeber mehr, es könnte seine Gesetze selbst machen. Aber ein sehr deutliches Empfinden, ein sehr gesundes Urtheil hat ein gutes, aufgeklärtes Volk, ob ein Gesetz ihm Nachtheil oder Vortheil bereite, ob es z. B. den Rechtsgang leichter oder schwerer mache, ob es seiner Natur, seinen Verhältnissen entspreche; ob es ihm gut oder schlecht bekommen werde; mit einem Wort, ob es volksthümlich sei. Und mehr braucht es nicht. Denn das Volk hat das Gesetz nicht zu machen, sondern nur darüber abzustimmen, und das deutliche Gefühl, ob ein Gesetz gut oder schlecht sei, genügt, um es annehmen oder verwerfen oder seine Revision beantragen zu können. Alle Einwände dagegen sind irrig. Manchmal hat ein Volk, wie es hieß, aus konservativem Eigensinn ein gutes Gesetz verworfen, und später erwies es sich, daß das Volk und nicht der Gesetzgeber das Bedürfniß richtig erkannt, daß das Gesetz gar nicht gut war; manchmal hält das Volk den Steuerbeutel aus scheinbarem Geize zu, aber in der Regel wird es sich er-

weifen, daß es dann schon viel bezahlt, daß es mehr
nicht vermag oder daß fogar die beantragte Ausgabe
schlecht angewendet war. Feststehende Thatsache ift vielmehr,
daß alle Ziele der Gesetzgebung und Verwaltung in der
Schweiz vom Volke schon erhältlich gewesen find. Appenzell A. Rh., Glarus, Graubünden, fo wie die Vetokantone haben ihre Gesetzgebung und ihr Steuerwesen
je nach den Einsichten und Forderungen der Zeit
geregelt, fie weifen auch im Schulwesen, Militärwesen
u. f. w. die verhältnißmäßigen Resultate auf, das Volk
hat Millionen für Straßen, Korrektionen, Eisenbahnen
und andere Zwecke votirt; auch in Uri hat die Landsgemeinde eine Million für den Gotthard bewilligt.
Gewiß in gleichem Grade wäre das Volk in größerem
Kreife im Falle gewesen, die Pest jener Lehre der
Sklaverei, der Gottesgnadenherrschaft, des geheimen
Prozesses, welche die gelehrten Juristen über Europa
gebracht, richtig zu beurtheilen und zurückzuweisen. Ganz
gewiß ist, daß Gesetz und Verwaltung in wirklichen
Demokratieen nicht anders als volksthümlich find.

Aber ein Mangel bleibt dem Volke zurück, den es
aus fich nicht überwinden kann, denjenigen, daß es über
das Gesetz nur abstimmen, über deffen Volksthümlichkeit
entscheiden, aber daß es daffelbe nicht in Masse felbst
machen kann. Daher wird auch, deffen mögen fich die
Repräsentativen getröften, felbst in der reinen Demokratie, die Repräsentation stets ihren Platz behalten, es
wird nach wie vor Großräthe und Nationalräthe geben.
Denn die Gesetze zu machen, das ist und bleibt die
Aufgabe der Behörden, der Gebildeten, der Sachver-
ständigen.

Wie steht es nun mit diesem zweiten Theile des
Volkes, der fachverständigen Intelligenz? Sie
befitzt die Vorzüge und die Mängel des Volkes im um-
gekehrten Verhältniß. Sie hat die Bildung und die
Fähigkeiten für das Aufsinden und gesetzgeberische Ge-
stalten der Ideen, welche des Volkes Wohl befördern;

gewiß besitzt sie auch den guten Willen dazu und in
keiner Weise soll geleugnet werden, daß sie auch viel
Gutes gethan hat; aber sie hat an sich nicht die Empfindung der Bedürfnisse des Volkes und nicht die praktische Einsicht ihrer Abhülfe, sie kann Gesetze machen,
aber sie weiß nicht, ob sie volksthümliche Gesetze
macht.

Wenn das Volk mitunter nicht gern bezahlt, so ist
die Intelligenz gelegentlich bereit, Staatsgeld mit vollen
Händen auszugeben; wie das Volk ein Gesetz mitunter
nicht versteht, so hat sie die Methode, so viele Paragraphen und Umstände zu ersinnen, daß es Niemand
recht verstehen kann; wie das Volk viele Gesetze nicht
liebt und mitunter ein gutes Gesetz nicht gleich erkennt,
sondern verwirft, so hat sie die ausgesprochene Neigung
zur Gesetzmacherei und Reglementirerei, zur Viel-
regiererei, zur Bevormundung.

Woher kommen die unzähligen Gesetze und Verord-
nungen, durch welche Freiheit und Bewegung des Volkes,
Geistesstreben, Arbeit und Verkehr in unsinniger,
kleinlicher Weise eingeengt und gefesselt werden, woher
die Unmasse von Gesetzesbänden, deren Inhalt vielleicht
nicht Einer ganz genau kennt, deren Geltung ungewiß,
deren gleiche und beständige Anwendung, was das
Schlimmste ist, unsicher oder gar nicht vorhanden,
deren Kunde jedenfalls dem Volke vollkommen fremd
ist, so daß es über sein Recht im Dunkeln wandelt
und für Rath auf die ägyptische Weisheit und den
guten Willen der Eingeweihten verwiesen ist? Kommen
sie vom Volke oder nicht vielmehr von der regierenden
Intelligenz? Kommen die zehn Gesetzesbände des Kan-
tons Bern vom bernischen Volke oder nicht vielmehr
von den bernischen Behörden? Man besinne sich, bevor
man selbstgefällig sagt, das Volk ist nicht fähig, über
ein Gesetz zu urtheilen, denn es verwirft alles Gute;
man ist mit Nichten berechtigt zu sagen, was die repräsentative Intelligenz gemacht, ist gut. Im Gegen-

theil, die Gesetzmacherei der Behörden hat den berühmten
Geschichtschreiber der Civilisation im keineswegs unfreien
England, Buckle, zu dem bittern aber treffenden Urtheil
veranlaßt, die beste Thätigkeit der Gesetzgeber sei diejenige, ihre früher gemachten Gesetze aufzuheben.

Wie viel mehr ist nun aber Vorsicht und Verant-
wortlichkeitsgefühl am Platze, da die Volksvertretungen
in Wahrheit gar nicht die Summe der Intelligenz des
Volkes repräsentiren. Ein Großer Rath zählt immer
Talente und eine Regierung mag deren noch mehr in
die Verwaltung aufnehmen. Aber die Mehrheit der
Volksvertreter wird sehr viele ihrer Mitbürger nicht an
Intelligenz übertreffen und ist mit den nämlichen Schwächen
und Vorurtheilen behaftet, die man dem Volke vorwirft.
Das Volk im Ganzen hat in der Regel ein parteiloses
Urtheil, es will zunächst einzig das Nützliche, seinem
Bedürfniß Entsprechende; es ist nach menschlicher Un-
vollkommenheit doch immer im Falle, das objektivste
Urtheil abzugeben; die Großen Räthe sind meist in
Coterieen, Parteien zerspalten, gesundes Urtheil und
Unabhängigkeit den Künsten der Coulissen, des Ein-
flusses Vielvermögender ausgesetzt.

Die Volksvertretung ist in Wahrheit eben nur die
Repräsentation des Volkes und diese sollte nie vergessen,
daß sie alles durch's Volk, daß sie nichts ist, als durch
das Volk und daß sie diesem Rechenschaft schuldig ist.
Was ist denn der Parlamentarismus, wenn ihm die
Logik der Staatsstreiche begegnet? In Berlin und Paris
wurde von den Parlamenten der Intelligenz sehr gut
geredet, allein alle schönen Reden wurden zu Luft und
Schein, weil kein selbstthätiges, selbsthandelndes Volk
ihnen Inhalt und Nachdruck gab.

Die Intelligenz hat die Fähigkeit, durch ihre Gesetze
den Bedürfnissen des Volkes zu helfen. Aber sie leitet
dieselbe auf irrthümliche Wege, sie verliert sie selbst und
verkehrt sie in Schaden, wenn ihr die Einsicht abgeht,
das Bedürfniß richtig zu erkennen. Dieß ist der Fall,

wenn sie sich als eigener Theil des Volkes, als höher
geartet, als neue Aristokratie vom Volke abtrennt; denn
die Absonderung der Bildung als Klasse ist auch eine
Aristokratie, und selbst eine Aristokratie der Talente wird
gerade durch die Abschließung eben so wenig, wie diejenige des Blutes, der Tapferkeit, der Religion, des
Reichthums der Verknöcherung, der Versumpfung, der
Entartung, dem Tode entgehen.

Die Unfähigkeit, die Bedürfnisse des Volkes zu erkennen, wird aufgehoben; die Fähigkeit, sie zu verstehen
und gut zu regieren, die wirklich guten Gesetze zu geben,
kehrt ein, sobald die Intelligenz ihre Abschließung auf-
gibt und mitten in das Volk hineintritt, nicht als dessen
Vormund, sondern als dessen eingeborner, gleichgearteter,
dem Volke selbst angehöriger Führer. Wenn die Gebildeten sich eins mit dem Volke fühlen, wenn sie mit ihm
umgehen und leben, dann werden sie auch seine Bedürfnisse richtig erkennen, und wenn sie diese richtig erkennen,
so werden sie auch die richtigen Wege ihrer Befriedigung
finden. Treten sie dann mit fruchtbaren, wirklich volks-
thümlichen Ideen unter's Volk, beweisen ihm mit Wort
und Schrift, daß es in der That sein Bestes sei, was
sie ihm vorschlagen, dann wird auch das Echo der Uebereinstimmung aus dem Herzen des Volkes Antwort
geben.

Das ist die wahre Weisheit der Demokratie, daß
nicht die Intelligenz das Volk als beherrschtes Wesen
von sich fern halte, eben so wenig wie daß das Volk
in Unmuth und Beschränktheit die Intelligenz und höhere
Kultur als undemokratisch scheel und mißgünstig anschaue,
oder gar hasse, sondern daß beide zusammengehören,
jeder dem Andern gebe, was er hat und vom Andern
empfange, was er nicht hat. Die Intelligenz gebe dem
Volke die wahren heilbringenden Ideen und das Volk
gebe dazu die gesunde Volksnatur. Nicht getrennte Theile
sollen sie sein, sondern Ein Volk, in welchem keine Kaste
regiert, nicht der Soldat, nicht der Geistliche, nicht der

Arme, nicht der Reiche, nicht die Behörden, nicht die Regierten, sondern wo Alle zusammen als freie Bürger in freiem Rathe das Beste finden; und das Gesetz die gemeinsame That Aller ist. Diese Wechselwirkung von Intelligenz und Masse, von Behörden und Volk, nicht Aristokratie, nicht Pöbelherrschaft, ist die Signatur, der wahre Kern der Demokratie.

Wenn also von den Gegnern der Volkssouverainetät behauptet wird, die Volksstimme werde den Interessen der Kultur hinderlich sein, so ist dieses Urtheil in seiner absprechenden Verneinung durchaus unrichtig. Das Richtige ist vielmehr, daß die Volksstimme den innern Kulturzustand und den Kulturtrieb eines Volkes genau angeben wird. Ein dummes, stabiles Volk wird durch die Volksabstimmung keine sonderlichen Fortschritte machen, ein einfaches Volk in einfachen Verhältnissen wird sich einfache Gesetze geben, ein reich begabtes, hochstrebendes, mit äußern Gaben gesegnetes Volk wird das Höchste in der Kultur erreichen.

Ganz das gleiche Verhältniß wird aber bei der repräsentativen Verfassung stattfinden; wie denn z. B. Freiburg mit der souverainsten repräsentativen Verfassung der Schweiz die von einer liberalen Regierung einst abgeschaffte Todesstrafe wieder einführt; bei schwer belasteten Finanzen sein Geld für Wiederherstellung von Klöstern und Fonds der todten Hand, statt für Schulen ausgibt, Widersetzlichkeit gegen einen Präfekten mit 8½ Jahren Zwangsarbeit bestraft, während Zürich ebenfalls mit repräsentativer Verfassung eine treffliche Volksschule schuf und die Abschaffung der Todesstrafe vorbereitete; ganz ähnlich unterscheiden sich in Gewerbsamkeit und Aufklärung die Demokratieen von Appenzell A. Rh. und Glarus von denjenigen der Urkantone.

Immer wird aber die Volksfreiheit der bessere, natürlichere und fruchtbarere Zustand für ein Volk sein, als derjenige der Beherrschung. Samojeden, Kirgisen

und Kalmüken werden durch Volksgesetzgebung keine
Kulturvölker werden, aber sie werden sich nach ihrer
Art am besten dabei befinden; auf jeden Fall hat das
absolute Czarenthum Gelegenheit gehabt, zu zeigen, was
es aus ihnen machen kann, von ihm liegt der Beweis
vor, daß es sie nicht kultivirt hat. Einfache ländliche
Völker brauchen keine komplizirten Gesetze und von ihnen
ist gar nicht zu erwarten, daß sie frei, gesund und hellen
Sinnes bleiben und die ihnen von Natur und Umstän-
den gestellten Aufgaben lösen. Von einem armen, kleinen Gebirgskanton kann keine Universität und Kunst-
akademie verlangt werden, aber gute Schulen, guten
Haushalt, einfaches gutes Recht, gute Straßen u. s. w.
können solche einfache Staatswesen mit Volksgesetzgebung
erreichen und haben es schon erreicht. Von den reicher
ausgestatteten Völkern kann dagegen das Höchste verlangt
werden und auch sie haben schon das Höchste geleistet;
denn noch kein beherrschtes Volk ist in der Kultur so
hoch gestiegen, wie Hellas und Rom, wie die demokratischen Republiken der Alt- und Neuzeit.

Man darf sich kühn der Hoffnung hingeben, daß die
Schweizerkantone, welchen größere Mittel zu größern
Kulturzwecken zu Gebote stehen, ihre Natur, auch wenn
sie zur reinen Demokratie übergehen, nicht ändern, nichts
umstoßen werden, was auf repräsentativem Wege geschaffen wurde und daß sie von Volkes wegen in der
Bahn der Freiheit nur noch Höheres vollführen werden.
Das Zürcher Volk wird weder seine Hochschule, noch
seine Volksschule zerstören, sondern beide nur noch höher
heben und das Berner Volk, welches noch jüngst einen
so energischen Ruf nach Verbesserung der Mittelschul-
bildung vernehmen ließ, wird der Volksbildung so wenig
im Wege stehen, als sein Großer Rath. Dem Schweizer-
volk vollends wird die Höhe der Gesinnung und die
Stärke des Charakters nie fehlen, Gedeihen, Blüthe und
Ehre des Vaterlandes so entschieden, ja vielleicht noch
umfänglicher und kräftiger zu wahren, als es bisher seine

Vertreter gethan. In jedem Volk, also auch in den Schweizern, werden gerade durch den Schwung, welchen Volksabstimmungen in das politische Leben bringen, die Gaben und Kräfte der Nation zum höchsten Willen, zum höchsten Vollbringen erhoben werden.

c. Ist das Volk reif zur Volksgesetzgebung?

Nur eine Bedingung, welche man der Ausübung der Volkssouverainetät stellen hört, ist entschieden richtig. Ein Volk muß reif sein, wenn es souverain sein will. Allein der Maßstab der Reife eines Volkes für die Ausübung seiner Souverainetät darf nicht danach bemessen werden, daß alle Aufgaben der Kultur zuvor gelöst sein müssen. Es darf nicht stetsfort gesagt werden: das Volk ist noch nicht reif, dies und jenes muß vorhergehen; denn so wird ein Volk nie reif, selbst wenn alle Bauern Doktoren würden.

Wenn man alle öffentlichen Aufgaben vollendet haben will, bevor das Volk sein Recht erhalten soll, so hat man kein Vertrauen zur Volksgesetzgebung und in diesem Falle ist es offener, sie grundsätzlich zu bekämpfen, um so mehr, da die öffentlichen Aufgaben in alle Zukunft stets neu vorhanden sein werden. Hat man dagegen Vertrauen zur Volksgesetzgebung, und das Volk verdient, daß man Vertrauen zu ihm habe, so wird man gerade wünschen, daß ihm öffentliche Aufgaben zu lösen bleiben.

Nicht einmal der höchste Grad der Volksbildung braucht abgewartet zu werden, im Gegentheil, selbst einem hochgebildeten Volke wäre die Volksgesetzgebung eine Last, wenn es sie nicht verlangt, und es wäre ein Fehler, sie ihm zu octroyiren. Die Reife des Volkes zu Ausübung der Souverainetät ist da, wann es selbst will. Denn sobald das Volk sich selbst regieren will, dann hat es auch das Bewußtsein und die Kraft, seine Aufgaben selbst zu lösen. Dann allerdings wird dasjenige Volk das reifste, tüchtigste sein, welches zugleich die beste Volksbildung hat. Die Volksbildung wird stets die Schwester der Selbstregierung sein; und mit Recht sind die Liberalen der 30er und 40er Jahre hoch zu preisen, welche gesagt haben: Volksbildung ist Volksbefreiung, und welche danach gehandelt, unsere Volksschulen, unsere Gymnasien und Hochschulen gegründet haben.

Allein nicht der Unterricht der Volksschule, die Kenntniß des Lesens, Rechnens und Schreibens einzig macht ein Volk frei, dazu gehört auch die politische Bildung. In der politischen Bildung ist ein Volk reif, wenn es seine Souverainetät ausüben will. Die Ausübung der Souverainetät ist zugleich das beste Uebungsmittel, die politische Bildung zu erweitern, auf den höchsten Grad zu entwickeln. Nirgends wird die politische Bildung mehr geschärft und höher gereift, als in den Versammlungen, in den politischen Debatten, in den Volksabstimmungen, im Rathe, den die Seele des Volkes mit sich selber hält. Reif in solchem Sinne ist, wenn irgend eines oder vielmehr vor allen anderen das schweizerische Volk. Denn ein Volk, welches vor fünf Jahrhunderten die souveraine Volksfreiheit vor Kaiser und Reich, vor dem allgemeinen Feudalstaat gerettet und das sie im 19. Jahrhundert mit reifem Bewußtsein neu aufgerichtet und von Stufe zu Stufe entwickelt, ein Volk, welches vor 20 Jahren den bis jetzt vollkommensten Bundesstaat geschaffen, es ist befugt, die volle Ausübung seines angeborenen Rechtes der Selbstregierung in Besitz zu nehmen.

Wenn ein solches Volk, wie das schweizerische, zur Selbstgesetzgebung greift, dann schwinden auch alle Schwierigkeiten, aus denen man viel Wesens macht. Man hegt Angst, daß dadurch der Gang der Gesetzgebung schleppend werde; es sei viel Zeit und Geduld, viel Mühe erforderlich, bis eine Volksabstimmung über jedes Gesetz vorüber sei. Allein wir wissen genau, wie es mit den Volksabstimmungen geht, weil ja das leben-

dige Beispiel in unseren Kantonen selbst vorhanden ist.
Wahrlich, es wird mit den Abstimmungen, die jeder-
zeit oder an einem Tage zusammen in kurzer Frist er-
zielbar sind, nicht langsamer gehen, als es z. B. mit
der berühmten, sogar poetisch besungenen, bernischen
Großrathsdrucke gieng, welche die nothwendigsten Gesetze, Preß-, Strafrechtsgesetz u. a., acht Jahre nicht aus
ihrem Mutterschooße entließ. Eine Gesetzesabstimmung
erfordert in keinem Falle mehr Zeit, als eine doppelte
Großrathsberathung.

· Nur eine Schwierigkeit ist da, diejenige, daß überhaupt aller Anfang schwer ist. Die Volksgesetzgebung,
obwohl im Kleinen alt, steht im Großen noch in den
Anfängen der Kindheit. Wohl mag sie zuerst manchmal
stolpern und es mag anfänglich langsamer gehen, als
der aufrichtigste Fortschrittsfreund gerne möchte. Allein die
Folgen werden ihr Recht geben. Denn langsam, aber
sicher wird sie alle Gebiete der Freiheit aufackern und
besäen, sie wird den Einzelnen, Beruf und Gewerbe
von ihren Fesseln befreien, die Vormundschaft von
Staat und Kirche brechen, die gesellschaftlichen Fragen
in Angriff nehmen und lösen, die Launen der Regenten
zügeln, Recht und Haushalt gesund machen und erhalten, das Volk zum freien, selbsthandelnden Geiste,
den Bürger zum wahrhaft freien Mann erheben. In
ihrer Entwicklung, in ihrem Wachsthum wird sie un-
geahnte Ideen erzeugen und verwirklichen.

· Lange genug hat man es mit Herrschaft, mit Bevormundung versucht und das Ergebniß war Enttäuschung. Wage man es also endlich mit der Freiheit;
versenke man sich endlich wieder in den Mutterschooß
der Volksnatur, den ewigen Quell des Schaffens, den
Fruchtboden alles Werdens, und fordere von ihm seine
ungehobenen Schätze. Eine neue Welt und hoffentlich
eine bessere wird er uns gebären.

·. Und steht die Volksfreiheit, die Selbstregierung des
Volkes einmal in der Schweiz selbstbewußt und erwachsen

da, so wird sie auch das Licht der geplagten Völker
Europa's werden. Oder soll man etwa noch immer
hoffen, daß Fürsten, Minister, Beamte und Kammer-
reden den Völkern Heil und Erlösung bringen werden?
Nein, ihnen wird nur geholfen werden, wenn einst die
Völker selbst sagen, was geschehen soll, und wenn ge-
schieht, was das Volk will.

Stellt sich, wie freilich nicht zu zweifeln, da und
dort ein Hinderniß entgegen, halten durch ihre Macht
und ihre Künste die Feinde des Lichtes das Herz des
Volkes bethört, wohlan, dann rüsten sich eben die Gebildeten mit dem Schwerte des Geistes und der Wahrheit, sammeln sie um sich alle hellen Köpfe als Kämpfer
des Fortschritt's und Freisinn's und werfen sie kühn
ihre Fahne mitten in das Volk, der Sieg wird ihnen
nicht fehlen.

---

## Schlußbetrachtung.

Die Selbstregierung des Volkes, und zwar die politische, die religiöse und die ökonomische, ist die Zu-
kunfts-, die Schicksalsfrage der gebildeten Völker, zunächst und vor Allem der schweiz. Eidgenossenschaft. In
höchster Noth hat sich die freie Volksgemeinde vor fünf
Jahrhunderten am Felsen der Alpen festgeklammert und
allda ihr Recht behauptet bis auf unsere Tage. Jetzt
stößt sie wie ein Adler herunter in die Ebene zwischen
Jura und Alpen und erobert unaufhaltsam Kanton um
Kanton. Seit der Erneuerung des demokratischen Volks-
bewußtseins in den 30er Jahren lebt die Schweiz in
einer fast ununterbrochenen Verfassungsreformbewegung,
welche ruckweise mit mathematischer Sicherheit die Rechte
des Volkes aufbaut. Schon haben nächst den alten
Demokratieen Glarus, Appenzell, Uri, Unterwalden,
Graubünden, Schwyz: Baselland das Referendum,
St. Gallen, Thurgau, Aargau, Schaffhausen, Solothurn,

Luzern das Veto, Bern das fakultative Referendum, Waadt dasselbe mit Initiative, Neuenburg und Wallis das Finanzreferendum, Bern, Schaffhausen, Aargau, Baselland überdies die Abberufung, Genf, Baselland und die Landsgemeindekantone die Volkswahl der Regierung. Rein repräsentative Verfassungen haben bereits nur noch Zürich, Freiburg, Baselstadt, Zug, Tessin. Seit fünf Jahren ist eine Verfassungsbewegung im Gange, deren Ziel die reine Demokratie in Haupt und Gliedern der Eidgenossenschaft ist. Durch diese ist Baselland zum Referendum, Aargau zum Veto und zur Initiative, Obwalden zur Initiative gelangt. Zürich hat den Anstoß zu einem allgemeinen Aufschwunge derselben gegeben, nach seinem Vorgang wird in St. Gallen, Thurgau, Aargau, Bern, Neuenburg, Genf die volle Souverainetät des Volkes vorbereitet. Tessin hat bei seiner im Entwurfe liegenden Verfassungsreform ebenfalls das Volksabstimmungsrecht in's Auge gefaßt. Wallis, das mit dem repräsentativen System keine schnellern Fortschritte gemacht, und Zug werden das der repräsentativen Mode zu lieb abgelegte Kleid der Volkssouverainetät wohl auch bald wieder anziehen.

Und schon im Kreise des Bundes hat die Erweiterung der Volksrechte ihren ersten Einsatz gemacht. Bei der letzten Bundesrevision war kaum ein Mitglied der Revisionskommission aus den verschiedensten Richtungen, welches nicht sogar für gesammte Eidgenossenschaft irgend eine Form der Volksabstimmung beantragte. Jäger (Aargau), Segesser (Luzern), Barman (Wallis), Dr. Weber (St. Gallen), Arnold (Uri), Karrer (Bern), Delarageaz (Waadt), Weber (Luzern), Häberlin (Thurgau) portirten in den Kommissionen oder in den beiden Räthen eventuell oder unmittelbar das Veto, Berney (Waadt) fakultatives Referendum und Veto, A. R. und P. C. Planta, Salis (Graubünden), Weber (Bern), Bernet (St. Gallen), Dr. Emil Frey (Baselland) das Referendum. Stämpfli beantragte einheitliches Recht und Forstgesetz mit Unterstellung dieser Gesetze an den souverainen Entscheid des Schweizervolkes. BR. Dubs anerkannte in seiner Revisionsbroschüre die Möglichkeit, daß die Volksgesetzgebung einst selbst den Bundesstaat ergreifen werde, da sie in einer oder anderer Form in den meisten Kantonen schon bestehe.

Vor 7 Jahren, als ich zum ersten Mal der bernischen Verfassungsfeier beiwohnte, vernahm ich, als erst erst kürzlich eingewanderter freier Rhätier, mit nicht geringem, aber freudigem Erstaunen, wie ein mit Recht hoch angesehener trefflicher Mann, ein freisinniger Freund des Volkes, in offener Rede den Gedanken aussprach, die bernische Verfassung werde erst vollendet sein, wenn das bernische Volk zur Mitwirkung an der Gesetzgebung berufen sei. Später hat der nämliche Staatsmann in einer vorzüglichen offiziellen Botschaft, in der bundesräthlichen Vorlage der Bundesrevision von 1865—66, den Wunsch geäußert, daß die Volksgesetzgebung in allen Kantonen zur Geltung gelangen möge. Dieser Staatsmann und Bürger ist Hr. BR. Schenk.

Auch das sind prophetische Zeichen, daß die Volksgesetzgebung kommen wird.

Das ist, leider in zu langen Zügen für einen Besprechungsabend, in zu kurzen für die Wichtigkeit und den Umfang der Sache, eine Ansicht, durch Beobachtung und Nachdenken gewonnen. Es ist die aufrichtige Meinung eines Mannes, der Niemanden Zwang anthun will, und der unter Ihnen keinen andern Ehrgeiz hat, als aufrichtige Erfahrung der Wahrheit, eines Mannes, der gerne Gegengründe und Belehrung annimmt und nur wünscht, daß die Wahrheit sich Bahn breche. Allein Eines bekenne ich; es müssen Gründe, gute Gründe sein, in mir die hoffnungsvolle Ueberzeugung zu erschüttern, daß die Völker zur Freiheit geboren und daß die Selbstregierung des Volkes kein Wahn, sondern Wahrheit ist.

# Die Einführung der Volksgesetzgebung im Kanton Bern.

## Votum des Hrn. AR. Weber.

Nachdem die allgemeine Begründung der Volkssouverainetät einläßlich erörtert worden, mache ich es mir
zur Aufgabe, die Frage der Erweiterung der Volksrechte
in ihrer praktischen Beziehung auf den Kanton Bern zu
behandeln. Ich war früher ein Gegner der Volksrechte,
bin aber durch die Beobachtung der Entwicklung unserer
Verfassungsverhältnisse und durch meine Erfahrung in
der Verwaltung zu der Ueberzeugung gelangt, daß die
Behörden es viel weiter bringen, wenn sie mit dem
Volke verkehren, und daß wir uns daher mit dem Gedanken vertraut machen sollen, zur reinen Demokratie
zu gelangen. Der Gang der Reformen der bernischen
Verfassung selbst zeigt uns dies als das natürliche Ziel
der Zukunft an. Ganz die nämlichen Einwürfe, wie
gegen die Erweiterung der Volksrechte zur reinen Demokratie sind gegen die Beseitigung der Aristokratie, gegen die Verwandlung der indirekten in die direkten Wahlen erhoben worden. Und doch waren die indirekten
Wahlen ein Fortschritt gegenüber der Aristokratie und
die direkten Wahlen ein Fortschritt gegenüber den indirekten, der jetzt für Jedermann auf flacher Hand liegt.
Niemand wünscht die Aristokratie, Niemand die indirek-

ten Wahlen zurück. In gleicher Weise werden wir nun den weitern Schritt von der repräsentativen Verfassung zur reinen Demokratie vollziehen und nach einer Reihe von Jahren wird sich Niemand nach der Ersteren mehr zurücksehnen. Die Erweiterung der Volksrechte liegt übrigens im Keime schon in unserer 1846er Verfassung. Art. 6, Ziffer 4, ertheilt dem Großen Rathe die Aufgabe, durch Gesetze die Gegenstände zu bestimmen, welche dem Volke in seinen politischen Versammlungen zur Abstimmung vorzulegen seien. Hier haben wir also schon das fakultative Referendum. Die Konsequenz unserer Verfassung selbst fordert also gleichsam die Erweiterung der Volksrechte heraus und wir können und sollen jetzt um so entschiedener dazu schreiten, als die Bewegung der Zeit und der Geister uns sehr deutlich diese Bahn anweist.

Es ist Pflicht der liberalen Partei, diese Frage bis auf die Nieren zu prüfen und zu erörtern, und zwar darf sich bei dieser Prüfung nicht Alt und Jung, Stadt und Land in Gegensatz zu einander stellen, sondern einhellig muß man zusammenstehen; die demokratische Bewegung in der Schweiz wird ganz sicher ihren Weg machen, sie wird nicht ruhen, bis sie in allen Kantonen und zuletzt selbst am Bunde durchgedrungen sein wird.

Bezüglich der Frage, ob Veto oder Referendum vorzuziehen sei, erkläre ich mich im Gegensatze zu Prof. G. Vogt ganz entschieden für Letzteres. Prof. G. Vogt gibt dem Ersteren den Vorzug, weil er von ihm Agitation, eine nachdrücklichere Aufrüttelung der politischen Theilnahmlosigkeit und eine gründlichere Besprechung der in Frage liegenden Gesetze erwarte. Bisher ist in der Regel gerade als ein entscheidender Gesichtspunkt gegen die Volksrechte die Möglichkeit einer Agitation angeführt worden. Das Veto ist nun ein reines Recht der Negation und der Vorwurf agitatorischen Charakters trifft bei ihm darin zu, daß schon zu seiner bloßen Inscenesetzung immer Agitation nothwendig ist. Diese Agita-

tion ist aber gerade nicht die wünschenswerthe, denn sie
wird in der Regel von der im Großen Rathe geschla-
genen Minderheit, wenn nicht gar von Leuten, denen sie
selbst Zweck ist, ausgehen. Sie besteht daher nicht in
einer lebendigen, bewegten Diskussion, sondern in einem
absichtlichen Heruntermachen der Behörden und ihrer
Handlungen, dessen einziger, großer Triumph schließlich
die Verwerfung des von den Behörden Beschlossenen ist,
weil mit dem Veto eben nur verworfen werden kann.
Zudem hat eine agitatorische Opposition fast immer gewisse Vortheile vor der annehmenden Partei voraus.
Sie theilt an Märkten, Zusammenkünften, in Wirth-
schaften u. s. w. ihre Schlagwörter aus, welche ihre
Wirksamkeit unmerklich bis an Orte ausdehnen, bis
wohin es der annehmenden Partei schwer sein wird, mit
ihren Widerlegungen, namentlich vermittelst der Presse,
zu gelangen.

Die gesunde Bewegung, welche in rühriger und mannigfaltiger politischer Besprechung und Thätigkeit bestehe,
sowohl in der Presse, als im Volke, ist beim Referendum
keineswegs ausgeschlossen, wohl aber diejenige, welche
nur zum Zwecke hat, ein Volksrecht als Hetzerei zu ver-
werthen. Denn beim Referendum weiß das Volk, daß
es das oberste Recht hat zu entscheiden und daß es
diese Entscheidung regelmäßig zu üben hat; es bedarf
also keiner Aufstachelung, um sich die Form dieses
Rechtes zu wahren und bereitet sich um so ungestörter
und überlegter auf das inhaltliche, sachliche Urtheil seiner
Entscheidung vor. Einen Hauptvorzug hat ferner das
Referendum als das beste Mittel, das Volk politisch zu
bilden. Es ist sowohl affirmativ als negativ, d. h. das
Volk kann in seiner Ausübung sowohl annehmen als
verwerfen, und es bringt die genaueste und innigste
Wechselwirkung zwischen dem Großen Rathe und dem
Volke hervor. Der Große Rath bringt seine Gesetze
mit gemeinverständlicher Begründung derselben vermittelst Proklamationen und Presse an das Volk und das

Letztere kann dieselben unbefangen aufnehmen, da es nicht bloß durch eine vorangegangene oppositionelle Agitation zur Entscheidung gedrängt wird. Dadurch bleibt das Volk fortwährend über den Staatshaushalt unterrichtet, sein Urtheil wird durch die stete Bekanntschaft mit den Geschäften, durch die regelmäßigen Abstimmungen geschärft und es wird dadurch ebensosehr in den Stand gesetzt, seinen Behörden zu vertrauen, wenn es sie zweckmäßig, als ihnen Halt zu gebieten, wenn es sie unzweckmäßig handeln sieht.

Von den Einwürfen gegen das Referendum erwähne ich nur zwei.

Auch ich glaube durchaus nicht, daß das Referendum dem Volke eine Last sein werde. Mehr als zwei Tage im Jahre wird es ohnehin nicht in Anspruch nehmen und wenn man sich die Mühe gibt, das Volk nachdrücklich über die Fragen aufzuklären, ihm das richtige Verständniß beizubringen, so werden diese Tage im Gegentheil wahre Volkstage werden. Gerade die jüngste Volksabstimmung in der Waadt ist ein schöner Triumph der Volkssouverainetät gewesen. Man zählte mannigfache Faktoren auf, von welchen man fürchtete, daß sie in dieser Stimmgebung einen starken und nachtheiligen Einfluß üben dürften: die Erinnerung an die Herrschaft Bern's, die frühere Abneigung gegen die Juragewässerkorrektion, die Abschaffung der Epauletten; allein das Resultat hat glänzend und zu freudiger Ueberraschung bewiesen, wie wenig solche niederen Einflüsse Gewalt haben auf das waadtländische Volk, wenn es sich um eine Gelegenheit handelt, gemeineidgenössischen Sinn zu beweisen.

Die Gegner des Referendums mögen vielleicht darin Recht haben, daß der Fortschritt sich etwas langsamer machen dürfte; dafür aber auch um so sicherer. Kein Schritt nach vorwärts, mit dem Referendum gethan, wird wieder zurückgethan werden. Keine Reaktion wird dann noch wohlthätige Schöpfungen einer früheren

Periode in Frage stellen können, wie man beim Groß-
rathsregiment nur allzu betrübend erfahren hat. Es
wird nicht mehr vorkommen, daß eine radikale Regierung von heute morgen schon alle ihre Schöpfungen
durch eine Reaktionsperiode zernichtet sieht.

Das praktische Verfahren des Referendums, wie ich
es mir für die Einführung im Kanton Bern als das
passendste denke, ist schließlich Folgendes:

Die Gesetze werden in drei Klassen abgetheilt, in
Rechtsgesetze, Verwaltungs- und Finanzgesetze.

1) Die Rechtsgesetze, über bürgerliches und Straf-
recht, über bürgerliches und Strafverfahren, wollen aus
einem einheitlichen Guß beurtheilt sein. Sie würden daher
auch als einheitliche Güsse, aber abtheilungsweise zur
Abstimmung, d. h. zur Annahme oder Verwerfung gelangen. Ueber die einzelnen Hauptfragen und Grundsätze wäre das Volk durch die begleitende Berichterstattung zu orientiren.

2) Von den Verwaltungsgesetzen würden die leitenden
Grundsätze dem Volke zur Entscheidung vorgelegt, das
Mechanische und mehr die Ausführung betreffende De-
tail dagegen ausgeschieden und durch Verordnung des
Großen Rathes erledigt.

3) Die Finanzgesetze endlich würden nach einem,
auf jährliche Durchschnitte der Staatsverwaltungskosten
mit jenem Zuschlag für die vermehrten Bedürfnisse be-
ruhenden Finanzplan, so zur Abstimmung gelangen, daß
das Volk alljährlich über die Quote der direkten Steuer
und sodann noch über einzelne größere, die Finanzen
in Anspruch nehmende Werke sein Votum abgäbe.